灵熊危机

［英］安东尼·麦高恩 著

周护杏 译　［英］尼尔森·埃弗格林 绘

北京出版集团
北京少年儿童出版社

著作权合同登记号
图字：01-2023-1080

Text and illustration copyright © Willard Price Literary Management Ltd 2013
The right of Nelson Evergreen to be identified as the illustrator of this work has been asserted in accordance with Section 77 and 78 of the Copyright, Designs and Patents Act 1988
This edition arranged with Willard Price Literary Management Ltd through BIG APPLE AGENCY, LABUAN, MALAYSIA.
Simplified Chinese edition copyright：2023 Beijing Juvenile & Children's Publishing House Co., Ltd.
The moral rights of the author Anthony McGowan have been asserted.
Illustrated by Nelson Evergreen
Willard Price and the Willard Price Logo are trade marks of Willard Price Literary Management Ltd, used under license by Beijing Juvenile & Children's Publishing House Co., Ltd.
Hal and Roger is a trade mark of Willard Price Literary Management Ltd, used under license by Beijing Juvenile & Children's Publishing House Co., Ltd.
All rights reserved.

图书在版编目（CIP）数据

哈尔罗杰历险记续.灵熊危机／（英）安东尼·麦高恩著；周护杏译；（英）尼尔森·埃弗格林绘.— 北京：北京少年儿童出版社，2024.1（2025.7重印）
书名原文：Willard Price: Bear Adventure
ISBN 978-7-5301-6532-4

Ⅰ.①哈… Ⅱ.①安… ②周… ③尼… Ⅲ.①儿童小说—长篇小说—英国—现代 Ⅳ.①I561.84

中国版本图书馆 CIP 数据核字（2022）第239022号

哈尔罗杰历险记续 灵熊危机
HA'ER LUOJIE LIXIAN JI XU LINGXIONG WEIJI

［英］安东尼·麦高恩 著
周护杏 译 ［英］尼尔森·埃弗格林 绘

*

北 京 出 版 集 团
北 京 少 年 儿 童 出 版 社 出版
（北京北三环中路6号）
邮政编码：100120

网　　址：www.bph.com.cn
北京少年儿童出版社发行
新　华　书　店　经　销
三河市天润建兴印务有限公司印刷

*

880毫米×1230毫米　32开本　5.375印张　160千字
2024年1月第1版　2025年7月第3次印刷
ISBN 978-7-5301-6532-4
定价：28.00元
如有印装质量问题，由本社负责调换
质量监督电话：010-58572171

目录
CONTENTS

前言	1
1 狼獾	3
2 搜寻队	10
3 随手垂钓	15
4 亚马逊抓到一条鱼	19
5 美丽的危险	22
6 漂浮的监狱	26
7 灵熊	29
8 哈尔·亨特的故事	30
9 消息	40
10 坏消息	43
11 骑行	48

12　跳过峡谷	54
13　山	58
14　世界之巅	61
15　老友归来	63
16　下山	70
17　营救灵熊幼崽	72
18　美洲狮的追逐	74
19　进入树林	77
20　头盔	80
21　决定	83
22　金发姑娘醒来	86
23　海狸湖	89
24　家园	93
25　男孩	99

26 失踪的男孩	101
27 睡觉时间	104
28 狼群	106
29 狼群的袭击	109
30 白色营救	113
31 飞越森林	116
32 本的故事	119
33 高地	124
34 山顶	128
35 亚马逊的抉择	132
36 弗雷泽抱着孩子们	134
37 残骸	136
38 他们过来了	138
39 又是这只白熊	140

40 亚马逊的探索	142
41 金色恐怖	145
42 弗雷泽的营救	147
43 对峙	148
44 骑兵来了	150
45 怪物现身	152
46 三只熊	154
47 熊的牺牲	157
48 射击	158
49 新的谜团	160

前言

它已经向南行进多年。冬天来了又去，一个比一个短，一个比一个冷。它经历过饥饿，也享受过美食。早些时候，搁浅在沙滩上的一头灰鲸的腐烂尸体供它活了好几个月。而现在，它长大了，没有什么是抓不到、杀不掉的了。

在北方那会儿，只要妈妈还活着，它就安全。

可是，一些高高瘦瘦的家伙来了，当他们手中的"棍子"发出雷鸣般的声音时，妈妈的胸口像是盛开出了一朵血红色的"花"，它倒下了。在临死前，妈妈咬了它一口，让它快逃。

它确实跑了，跑回那个不再温暖的洞穴。接着，又有一帮白色大熊来了，将它驱逐。如果它不逃，它们会杀掉它，因为它既像它们，又不像它们。

如今，它长成大块头了，比那些白色大熊要大，甚至比它现在游荡的地盘上最大的棕色大熊还要大。它们怕它，它们的恐惧让它有机会填饱肚子，就像当年灰鲸喂饱它一样。灰鲸带给它的营养与毒害几乎相当。

现在，又是岁末了。它心急火燎，得吃饱肚子才能熬过漫漫冬日。它必须吃东西。它的毛发的颜色不适合这个到处是棕色和绿色的地方——不过现在，树叶在变黄，它能融入其中了。毛发的金色与叶子的颜色交相呼应。上星期，它猎杀了一头驼鹿，那是一种比马还高的大家伙。可眼下，它又饥肠辘辘了。

它穿过森林,闻到了一种新的气味。这种味道它以前闻过一次,是拿着"棍子"发出雷声那些家伙的气味。这让它兴奋不已又怒不可遏,还有长久以来第一次感受到的——恐惧。

但是,恐惧并没有抵消那份兴奋与愤怒。因为它知道,无论即将遭遇什么,这味道就是食物的味道。

1
狼獾

十四岁的弗雷泽·亨特正盯着世界上最强大的食肉动物的眼睛。它看起来像一只矮胖的棕熊，只是尾巴更长，头更小，而且带着龇牙咧嘴的灰熊都无法比拟的威胁气势。那野兽弓着背，强壮有力，嘴里叼着什么，沿着小径小跑过来。弗雷泽花了一两分钟才弄清楚那是什么——起初，他以为是一根奇形怪状的棍子呢。

接着，他意识到，那可不是叼着棍子、人畜无害的杂种狗。它嘴里叼的是一条腿。

狼的腿。

弗雷泽拿不准，是这头野兽亲手杀死了狼，还是它无意间发现了狼的尸体，然后把战利品撕扯下来带回自己的巢穴。

答案并不重要。

野兽停下脚步，仰起宽大的鼻子嗅了嗅。在清晨寒冷的空气中，它发出的声音格外清晰。弗雷泽想起来，这种动物的视力很差，是依靠敏锐的嗅觉和听觉来追踪猎物的。

弗雷泽可能比任何一个十四岁的孩子更了解野生动物，就连从未亲眼见过的动物，他也知道。当然，荒野里到处都是胆小的动物，但眼前这家伙与其说胆小，不如说神秘而狡猾。

尽管这些想法在脑海中回荡，弗雷泽还是目瞪口呆，或许这是猎物面对捕食者的本能。

弗雷泽和父亲哈尔·亨特，还有堂妹亚马逊·亨特一起住在营地。在附近徒步时，弗雷泽偶然遇到这一幕。他们来到加拿大西部这片森林茂密的山区，是为了寻找亚马逊的父母罗杰·亨特和凌梅·亨特。几星期前，夫妇俩驾驶的轻型飞机消失在这片无边无际的荒野中。

哈尔是追踪组织——"跨地区动物保护及知识协会"的负责人。追踪组织致力于拯救地球上的濒危动物，保护受到威胁的环境。哈尔动用一切力量搜寻罗杰夫妇。多年争吵之后，哈尔和罗杰兄弟终于和好如初。罗杰此行，正是要给哈尔提供追踪组织行动的重要线索。

不过，弗雷泽此刻没心思想这些。他的思想在去和留之间徘徊不定：我到底该怎样才能逃走？留下来我将拍到最棒的照片。

是的，弗雷泽带着他最信赖的莱卡数码相机，一大早就出发了，打算抓拍一些东西。他一直希望能找到一只鹿或秃鹰，没想到遇见了更有趣的东西。

也是更危险的。

弗雷泽在脑海中迅速调出这种动物的信息：它叫狼獾，拉丁语词根就是"贪吃鬼"的意思。名副其实，这种家伙抓到什么吃什么，一旦捕获猎物，就不会撒手，要不停地吃，直到吃完最后一点儿残渣，无论皮肉，还是骨头。

狼獾的下颚和牙齿搭配完美——足以咬穿一头麋鹿的头骨，直击脑脊，也可以轻松咬碎骨头，就像弗雷泽咬碎棒棒糖一样简单。

没有哪种动物能够打败它——狼、熊，甚至加拿大常见的美洲狮都无法与之匹敌。

没错，弗雷泽终于遇到了北方森林的残暴老大——狼獾。

现在，这只狼獾正吸啊吸，嗅着空气。弗雷泽非常确定这是一头雄性狼獾——它知道弗雷泽就在附近的某个地方，正在用它那敏感的鼻子搜寻。

弗雷泽多希望自己带了一把X-Ark——世上最好用的麻醉步枪。追踪组织在枪膛装上一种特殊麻醉剂，三秒内就可以放倒一只棕熊。但是弗雷泽手上只有一台相机，狼獾根本不可能停下来，专门摆一个姿势给弗雷泽拍照。

弗雷泽一动不动地站着。他仔细考虑着面前的选择。他可以爬上树，也可以逃命，但愿在捕食者追上他之前到达营地。

他曾听说过，一头狼獾追着一只半大的黑熊上了树。黑熊被困住了，接下来的一个星期，狼獾一直在这只可怜的黑熊背上咬来咬去，直到最后，饥寒交迫的黑熊失血过多，死掉了。

也有可能什么都不会发生。

弗雷泽并不打算爬树。

他开始往后退，眼睛死死盯着狼獾。慢慢来，他对自己说。他努力控制呼吸，保持气息的平稳。呼吸是秘诀，无论用麻醉枪干净利落地射击，还是在冰冷山涧中用"飞来去"捕捉鳟鱼，很多事的成败就在于此。

他一步一步往后挪动，每一步都小心翼翼地踩下去，像是要踩到炸药似的。

确有其效。狼獾不再在空气里嗅来嗅去，而是低下头离开了跑道，嘴里仍然叼着那条腿。

弗雷泽开始考虑如何给亚马逊和父亲讲述这次奇遇。他会说，他降服了一只狼獾，无所畏惧地盯着它那双黑眼睛，直到它意识到自己遇到了对手，转身逃跑。

所以，弗雷泽需要一点儿证据来证明自己所言不虚。给它拍一张照片是个好主意。他甚至在想，可以把照片投稿到杂志社。他一直想在《国家地理》杂志上发表文章，现在简直是天赐良机。即使是专业的野生动物摄影师，也拍不到几张成年野生狼獾的照片。

相机装在皮盒里，用皮带挂在弗雷泽的脖子上。他小心翼翼地端起皮盒，屏住呼吸，将它慢慢打开。他很怕打开盒盖的声音会惊动狼獾，不过，狼獾依然在小跑前进。现在，弗雷泽必须要加快行动。再过几秒钟，它会消失在树林里，他就再也见不到它了。

他把照相机举到与眼睛齐平的高度。

他的双手忍不住微微颤抖，还好相机有防颤模式，即使手抖也没关系，只要能及时按下快门。

他看了一眼取景器，构图完美极了。狼獾又停下来，就在树林边。它的前爪踩在一小块圆石上，远处群山若隐若现，尖尖的雪峰与狼獾的尖牙遥相呼应。它正盯着相机镜头，嘴里还稳稳地叼着那条可怕的腿。

完美！这张照片绝对可以让弗雷泽声名大噪。

他摁下快门。

就在这一刻，弗雷泽才意识到自己刚刚做了什么。摁快门这个微小的声响引起了狼獾的注意。它龇了龇牙，警告要抢走食物的潜在敌人。狼獾从安全状态转换为一级警戒——它意识到有什么东西在附近，很快，它锁定了弗雷泽的方向，开始大口嗅着空气。

它找到了。

即使视力不好，它还是找到了弗雷泽。

狼獾吐出狼腿，嚎叫起来。

弗雷泽曾在非洲灌木丛听到过一头雄狮在跟踪自己时的吼叫声，听到过吃人的豹子高分贝的嘶吼声，听到过对准他双眼吐毒液的眼镜蛇发出的致命咝咝声，听到过美洲虎一跃而起时的咆哮声，听到过虎鲨展开猎杀攻势时尾巴发出的啪啪声。然而，此时狼獾这一连串的吠叫、吼叫和咆哮是他听过的最恐怖的声音。

就是这样。弗雷泽的冷静——他在压力之下好不容易聚起的冷静——消失殆尽。他魂飞魄散,转身就逃。

可仿佛是在梦里从怪兽手中逃离一般,弗雷泽的双腿就是不听使唤。地上堆积的厚厚的树叶似乎也在拽着他的双腿。他能听到这只野兽在身后快速奔跑的脚步声,甚至都能想象出双脚被狼獾咬住的样子。恐惧再次激发出弗雷泽的能量,他离开松软的树叶堆,跑进了之前来过的一条小路上。有松树林做掩护,这一次他跑得更快了,一双大长腿仿佛要把地面踏平。

弗雷泽回头看了一眼,觉得狼獾有可能放弃他,回去找那条狼腿了,那至少是一顿逃不掉的大餐。

但是,眼前的景象几乎让弗雷泽尖叫起来。他和狼獾之间不过两米。它步态怪异——每条腿似乎朝着不同的方向伸展,看上去有些滑稽。但在它凶狠的脸上,那副要灭掉你的神情一点儿也不可笑。弗雷泽没有尖叫,是因为如果堂妹和父亲听到了,他会感到无地自容。亨特一家不喜欢尖声叫嚷。他们是那种任凭世界抛来什么,都会冷面笑对的人。尖叫,不是选项。

又往前跑了四米,他终于到达营地中心,扯着嗓子大喊起来。爸爸正坐在火堆旁擦拭来复枪。这是一把手动式李·恩菲尔德步枪,产自一战时期。

"爸!"弗雷泽指着身后,惊慌尖叫,"快!开枪!"

当然,他说的开枪不是要射杀狼獾,而是让爸爸朝空中放一枪,吓跑狼獾。

亚马逊从帐篷里探出头,想看看发生了什么。她先是一脸茫然。当看到弗雷泽正处于危险之中时,她也害怕起来。在加入追踪组织前，亚马逊在英国的寄宿学校并没有见过什么狼獾，不过她知道这种动物。

哈尔站起身。人到中年，他依然健硕精瘦，结实的肌肉包裹着强壮的身体。他留着灰色短平头，整个人散发着力量与能力。弗雷泽也知道爸爸是个厉害的射手，不管是麻醉枪、高性能来复枪还是弹弓，他都能熟练操控。是的，当你遇见致命动物时最想求助的人绝对是他。他会直接在狼獾面前放一记空枪，好吓跑对方。要是它没被吓跑……爸爸应该是爱儿子胜过爱动物吧？

但让人失望的是，弗雷泽看到爸爸把来复枪放在地上，捡起了一块石头。

他在做什么？

"呀！呀！"哈尔大叫起来，挥舞着双臂。

弗雷泽回头看着狼獾。它在营地口停了下来，倚坐在矮胖的后肢上，发出低沉的吼叫，叫声既像受到了冒犯，又像是在威胁。

哈尔朝狼獾扔了块石头。石头落在狼獾面前，那家伙躲开了。但随后，它停下来，再次嗅了嗅空气，发出低沉的咆哮。对弗雷泽来说，这似乎是在说："只要我愿意，可以随时吃掉你们。"

它又徘徊一阵，然后镇定自若，慢吞吞地转过身，昂首走进森林。弗雷泽这才松下一口气。

弗雷泽看了看亚马逊，她发出的声音和狼獾的差不多。事实证明，亚马逊的表情并非担心他的安危，而是欢乐，她几乎要笑破肚皮了。

弗雷泽不解地回头望着父亲。哈尔正用手捂着嘴，掩饰满面笑容。

2
搜寻队

"你们笑什么?"弗雷泽有点儿不高兴,"那家伙差点儿吃了我!"

"什么?你说鼬鼠吗?"亚马逊大笑,喘着气说道。

"那不是鼬鼠,是狼獾!凶残无比!臭名远扬!"

"狼獾,"哈尔平静地说,"严格说来,属于鼬科第二大家族。第一是巨型水獭。你们也许记得去年在亚马孙雨林见过它。没错,狼獾很好斗,但你不会有任何危险。你是不是在它捕猎时惊扰到它了?"

"是的,"弗雷泽说道,"算是吧。那时它嘴里叼着狼腿。"

"那就是它在护食。"哈尔继续道,"狼獾的臭名声完全被夸大了。没有记录表明狼獾曾经伤害过人类,除非你身体虚弱或者被困在雪堆里。"

弗雷泽翻了个白眼。他喜欢在比自己小一点儿的亚马逊面前炫耀他的野外专业知识。没什么比爸爸这番话更让他觉得自己像个无知的小屁孩儿了。

那天早上,他们三人从边陲小镇鲁珀特王子港出发。哈尔驾驶一架结实的小型德哈维兰水上飞机,飞机上满载着探险装备,包括两辆绑在机身外的山地车。飞机在加拿大海岸山脉的白色山峰和高高的冰原之间艰难穿越。亚马逊最近在俄罗斯和波利尼西亚探险时，见过许多令人惊叹的景象，比如直插云霄的峭壁，垂坠地下的山谷，眼前的一切毫不逊色。然而，他们面临新的威胁：冬天即将到来。

他们降落在一个泪痕状的小湖上。湖面平坦，在秋日的阳光下像水银一样闪闪发光。着陆前，飞机在湖面上盘旋，除了森林、山脉和更多的湖泊，这里什么也没有。这片美丽荒野几乎找不到任何人类留下的踪迹。

"你们永远猜不到，"哈尔对着对讲机说，"这是北美洲有人类居住的最古老的地方。一万四千年前，第一批美洲原住民从西伯利亚徒步到阿拉斯加，然后南下到达西海岸。在一千年中，他们曾抵达南美洲的最南端。"

"徒步？"亚马逊问道，"阿拉斯加和西伯利亚中间不是隔着海吗？"

"对的——白令海峡——但是那时世界正处于最后一个冰河时期，所以海水被冰川覆盖，形成了陆上桥梁。有经验的西伯利亚人就从这里过来了。"

但他们三人到加拿大这个偏远一隅可不是来观光的，也不是为了保护环境。他们来这里是为了寻找亚马逊的父母——罗杰和凌梅夫妇驾驶的轻型飞机在这片荒野上失踪了。

当地政府部门已经放弃搜救，这里的原始森林幅员辽阔。警察也表示，飞机消失时间越久，他们生还的可能性就越低。

但哈尔太了解弟弟了。

"只要他在坠机中幸存下来还活着，"他在鲁珀特王子港对亚马逊说，"只要他还活着，我就要找到他。"

"我还是不明白为什么罗杰叔叔和凌梅姊姊没有自己回来。"弗雷泽说道,"我的意思是,他们为什么不找护林站或者搜寻队,或者自己回来?"

"我认为你低估了这片荒野的面积,弗雷泽。"哈尔回答,"但我觉得不止于此。我有一种感觉,要么是罗杰不想被救,要么是有人阻止了救援。不管怎样,这个谜题的答案就在他们飞机的残骸中。我们会找到的,就算追踪组织终结于此也在所不惜。"

于是,由追踪组织年轻的自然资源保护专家组成的三支独立团队前往森林进行搜索,而追踪组织首席科学官德雷克斯勒博士则留在鲁珀特王子港负责统筹协调。

"好了,伙计们,让我们集中注意力。"哈尔想到儿子与狼獾的遭遇,仍然面带微笑,"我们是来找罗杰和凌梅的,不是来闲逛的。"

他示意弗雷泽和亚马逊围过来,然后在一张低矮的露营桌上铺开一张加拿大不列颠哥伦比亚省地图。

"我们在这里,"他指着地图,"在海岸山脉的山麓,西边是高地,东边是内陆高原。米兰达·科弗代尔带领一队人在这里,往南行进。布鲁伊的一队人在这里,往北行进。"

米兰达和布鲁伊是追踪组织的成员。布鲁伊是弗雷泽最好的朋友,因鲜红的头发而得名。他二十岁出头就拥有海洋生物学博士学位,但有时看起来像个大孩子。米兰达是德雷克斯勒医生的助手。她和布鲁伊年龄相仿,可无论外表还是举止都要成熟得多。她绝对是团队里最理智的那个。

"明天早上,你们俩骑山地自行车沿着这条小路走,就在这儿，然后会到山脚下。"哈尔用手指戳了戳地图，又指着不远处露出来的一块岩石说，"它叫洪堡山，但更像山丘，而不是山。"

"洪堡？"亚马逊问，"你是说样子像乌贼一样的山？"

亚马逊最近在太平洋和一群可怕的洪堡乌贼[①]有过"亲密接触"，再次听到这名字让她非常不舒服。

"对的。"哈尔回答道，"洪堡乌贼是因伟大的德国博物学家、探险家亚历山大·冯·洪堡而得名——是他发现了这种乌贼。"

"这些是小路吗？"还没等爸爸继续他的小课堂，弗雷泽问道。

"什么？哦，是的。不过不是很多。几条是过去的狩猎小路，树林里也许还有条运输木材的路，不过已经废弃了。这些小路很难走，但对山地车来说应该没问题。目的地离这里有十九千米，但这条小路直通那里，骑车应该用不了两个小时。之后，攀登洪堡山——你们不用带攀岩装备，这不过是一次徒步旅行——看看你们能看到什么。从山顶可以俯瞰整个地区。显然，这里没有手机信号，我们可以用卫星电话保持联系。"

"你走哪条路，爸爸？"

"我从这里沿着山谷往东走。"哈尔用手指勾勒一条蓝色的河流，"如果罗杰在没有导航设备的情况下迷路了，他可能会沿着河流去寻找一个定居点。好了，都明白了吗？"

亚马逊点点头，能在这里做点儿什么，感觉会好些。只要有行动，就有多一分的希望。

[①] 洪堡乌贼：又名美洲大赤鱿，主要分布于太平洋东岸加利福尼亚湾海域。它们的体重可超过四十五千克，身长超过两米，体形比一个成人还要巨大，被当地人称为"红魔鬼"。

"明白！长官！"弗雷泽的热情一如既往，与"吃人狼獾"擦肩而过的恐怖遭遇已经被他抛在脑后。

"好了，那我们可以去钓鱼了。"

3
随手垂钓

"你们经常钓鱼吗?"穿过树林时,哈尔问亚马逊。他们每人拿着一根钓竿和钓具。

"不。"她回答,"我一直不明白,握着鱼竿漫无目的地站在那里有什么意义。"

"好吧,亲爱的,"哈尔说,"等会儿你就明白了。今天咱们不用英式钓法,而用真正的北美钓法。湖里的鳟鱼比你个头儿还大。"

"真的吗?"亚马逊瞪大了眼睛,"它们吃什么?"

"吃任何比它们小的东西。所以,千万别掉进湖里!"

亚马逊清楚哈尔伯伯的用意。父母的事让亚马逊焦虑万分,哈尔竭尽所能帮她转移注意力,让她忙碌起来,这样她就不会沉浸在黑暗的恐惧之中。每当没有更吸引人的事情时,恐惧就会悄然而归。

问题是,处理这种状况对哈尔来说并非与生俱来。亚马逊从父亲嘴里听说过年轻时的哈尔,他是个无忧无虑、轻松自在、享受生活的人。更重要的是,他是一个能够站在一边,让别人享受生活的人。

但哈尔二十出头时,情况发生了变化。那时,他们的父亲约翰·亨特在一次事故中身受重伤。从那以后,经营企业和照顾弟弟——亚马逊的父亲——的重担就落在了哈尔年轻的肩上。

恐怖的是，尽管亚马逊不了解细节，但她确实知道父亲在加拿大某地遭遇了飞机失事……

那时，他们经营一家公司，从各处收集动物然后卖给动物园。起初是哈尔一人，后来在罗杰的帮助下，哈尔改变了方向，建立了追踪组织，更专注于让动物们在自己的环境中安全生活，而不是在动物园里。

他埋头苦干，有时周游世界，同时也做着筹集资金和游说政府这类的无聊工作。就这样，追踪组织发展起来了。

但不知从什么时候起，哈尔失去了那份快乐与热情。曾经意气风发的他，变得步履维艰。

兄弟俩最终因为哈尔想为世界各地的追踪组织项目筹集更多的资金而闹翻了。罗杰认为妥协已经太多，追踪组织与一些讨厌的政府和大公司走得过近，这些政府和大公司只考虑自己的利益。他认为追踪组织已经失去了灵魂。

因此，追踪组织也失去了罗杰。

哈尔的妻子在弗雷泽还是婴儿的时候就去世了，这又给了哈尔肩头一记重担。换个人，也许会被压垮，而他却更加坚定，坚韧不拔。没有什么是不能从容面对的。但哈尔在感情上变得封闭起来，不愿说出心里话。弗雷泽知道父亲爱他，那是因为他知道如何读懂那些动作：这会儿露出一丝微笑，那会儿拍拍他的肩膀。

哈尔在为亚马逊努力，非常努力。亚马逊能感受到。如果你哭泣时想要一个拥抱或者一个可以依靠的肩膀，哈尔不是你要找的那个人。没错，可以依靠，但不要哭泣。

从营地外的小路走一段，眼前就是晶莹剔透的湖水，顾长的松树沿着湖岸生长。亚马逊看到了远处有一个海狸窝——用树枝和泥土搭建的窝，不太干净；一只鸟——引人注目的黑白潜鸟——在湖面上滑行，留下了一个完美的"V"字形。

水上飞机就停在湖边，紧挨着一块伸进湖里的平台。平台像一根修长但骨瘦如柴的手指。

哈尔带领他们走到平台最深处。那里离湖面最近，三面环水。亚马逊忍不住打了一个寒战。

"你能感觉到冬天的到来。"她说。

"再过一个月，你就可以走到湖对岸了。"哈尔说，"对动物们来说，现在还是个好时节，有很多食物可以吃。我建议我们从中分一杯羹！"

"你确定这里有鳟鱼吗，爸爸？"弗雷泽问。他已经开始想象坐在温暖的火堆旁，喝着又白又热乎的鱼汤的场景。

"当然了。"哈尔点点头，"每年这个时候，鳟鱼就离水面更近一点儿。整个夏天，鳟鱼一直潜在湖底，吃光饵鱼。但是现在湖水变冷了，所有动物都渴望阳光的温暖。"

"我们怎么抓住它们，爸爸，用飞蝇竿[①]钓吗？"

"我这根看起来像飞蝇竿吗，弗雷泽？"哈尔举起一根粗壮的鱼竿，回答道。

"呃，我想不是。"

"我们要用鱼饵。"

[①] 飞蝇竿：一种使用飞蝇钓法的钓鱼工具。飞蝇钓法其实就是用仿生饵模仿飞蝇、蚊虫、蜻蜓等有翅昆虫落水，刺激水体中凶猛掠食性鱼类的钓法。

哈尔向亚马逊展示了如何将鱼饵——一种尾巴上有一串钩子的小型鱼模型——装在渔线上。

亚马逊以前没有钓过鱼，因此她觉得这个环节非常棘手。尖利的倒钩老是扎进她的手指，鲜血不停地往外冒。哈尔轻轻握住亚马逊的手指，帮她把钩子取出来，并用手帕包住伤口。

"你是个勇敢的孩子，"哈尔说道，"弗雷泽第一次被钩住的时候，叫得惊天动地，鱼儿都跑过来凑热闹了。我认为大嘴鲈鱼都想让他小点儿声，人家还想睡一觉呢。"

"谢了，老爸。"弗雷泽翻了个白眼，"还想听我的糗事吗？要不，给亚马逊秀秀我穿纸尿裤的照片，还有嘬手指的。"

哈尔笑了起来，这是他少有的酣畅淋漓的笑声。"好啦，帅哥。你可以教亚马逊怎么抛鱼竿。我打算沿着湖岸走走，找一个安静的地方。今天谁抓到最大的鱼，谁就可以吃鱼眼睛。"

4
亚马逊抓到一条鱼

"你爸爸让你难堪了,是吧?"在哈尔走了一段路,消失在湖岸后,亚马逊问道。

"他就是这种风格。"弗雷泽回答,没有回头看堂妹。

亚马逊还没来得及再问什么,弗雷泽就把鱼竿拉回到肩上,将鱼饵抛掷到十五米外的湖的最深处,鱼饵在湖面上划出一道完美的弧线。

"漂亮!"亚马逊赞美道,堂兄那一串动作着实给她留下了深刻印象。

弗雷泽迅速收线,摇晃鱼竿,让鱼饵模仿鱼的运动状态。

"轮到你了。"诱饵空手而归时,他说。

他向亚马逊演示如何握杆、操纵卷轴。亚马逊试着模仿他的动作,可鱼饵不肯从钓竿顶端移开。

"你没有摁出线按钮,按钮在渔轮背部。"弗雷泽笑着说,"你跟着我这么做,就不会脱钩。"

亚马逊又试了一遍,她完成了一个漂亮的抛掷,然后模仿弗雷泽的姿势开始收线。

"我觉得它卡在了什么东西上,"她说道,"鱼饵已经少了一半。我——"

"不是卡住了,是你钓到鱼了。"弗雷泽大喊,"快!在鱼脱钩之前用力往上拽!"

亚马逊照做了,她感受到了鱼的重量。

"难以置信,"弗雷泽微笑道,"你第一次就钓到了鱼!好的,把剩下的鱼线卷进去,慢慢地卷。"

鱼快到岸边时,弗雷泽教亚马逊如何拉鱼竿,把钓到的鱼拖上岸。是一条鱼鳞闪着光的鱼,大概有十五厘米长。

亚马逊发出一声尖叫,是纯粹的快乐。

"我从没想过我会在下下下辈子之前钓上一条鱼!"她说,如果没有人在旁边看的话,她就要跳起一段小鱼舞了。

弗雷泽向亚马逊演示了如何把鱼钩从小鳟鱼嘴里拿出来。然后,有那么几秒钟,她把鱼放在手心,欣赏着它完美的身材和身上美丽的斑点。

"真不想告诉你,伙计,"弗雷泽说,"但我们必须把这小家伙放回湖里。"

"别啊!为什么?"

"它太小了!"

"真的吗?"亚马逊有点儿失落,不过她内心却很乐意放走这条美丽的生灵。

"难以相信你用那么大的鱼饵钓上了它。放它回去产卵吧。咱们还有很多次钓鱼机会呢!"

弗雷泽是对的。半小时后,他们钓到了三条大鳟鱼。弗雷泽钓到的最大——几乎和他手臂一样长,亚马逊钓上来的两条也不赖,都有她小臂那么长。她抱着其中一条鱼,弗雷泽用相机记录了这一刻。

"可以给你爸妈看，"他说，"等我们找到他们的时候。"

亚马逊回给他一个温暖的微笑。这是弗雷泽从未见过的笑容。

接着，亚马逊严肃起来。弗雷泽以为是他提到她的父母，让她想起了糟糕的事情。随后，他意识到亚马逊根本没有看他，她的表情只能说明一件事：就在他身后，有什么不寻常的东西站在狭窄的长板上，就在他俩和安全的湖岸之间。

他转过身，眼前的景象令他惊奇、敬畏，又恐惧。

5
美丽的危险

首先打动弗雷泽的，是这种动物纯粹的美丽。这些年他一直跟随追踪组织环游世界，见过很多种熊——格陵兰岛的北极熊、美洲的黑熊、灰熊以及在俄罗斯远东地区的棕熊，他也曾在缅甸见过马来熊，在印度见过贪婪的印度懒熊从蜂巢里掏出黄蜂幼虫，但是他从未见过这种生物。

这么说也不完全对，因为这种动物的体形和熊颇为相似——后背十分壮实，但肩胛骨之间没有明显的峰突，脸型很长，耳朵很灵敏。不过它毛发的颜色却十分少见，是一种可爱的淡黄色，好像阳光照耀下的一罐黄油。

有几秒钟，这种淡黄色骗住了弗雷泽，他以为这可能是只从寒冷家乡迷路来到此处的北极熊。但是眼前的熊毛色更暗，北极熊的毛发要浅得多。

不，这肯定是只黑熊，只是恰好毛发不是黑色。

要是只是一只熊，弗雷泽只会警觉，不会害怕。是这熊身后的东西让他不寒而栗。

熊的幼崽。

幼崽比母亲长得更好看，像是一个毛茸茸、圆乎乎、充满能量、快乐的球，毛发和它母亲的一样美丽。弗雷泽盯着它，幼崽正迈着小步，发出低沉的吼叫，四处观望着是否有谁注意到可怜的它们。幼崽向母熊跑去，蜷在母亲身边。

真可爱。

不过，这是让所有博物学家最怕的场景：母熊带着幼崽。大多数的熊宁愿捕猎老鼠，也不愿捕猎人，但带着幼崽的母熊相当危险，很可能伤人。

"别动！"

这个声音充满了威慑力，似乎连母熊都服从了。弗雷泽抬起头，看见父亲在远处的岸边。哈尔的脸看起来波澜不惊，但弗雷泽能看见，或者说感觉到父亲内心的紧张。他意识到父亲有多担心。这就足以将弗雷泽的恐惧又提升几个等级。

"它们只是想吃鱼，"哈尔说道，他那柔软的声音让人安心。弗雷泽意识到爸爸正尽力保持镇定，"把鱼扔给它们，然后迅速跑进飞机，待着别动，直到它们离开。明白了吗？"

弗雷泽点点头。他望向亚马逊，希望能从她脸上看到恐惧，可亚马逊却神采奕奕。

"它们太美了！"她说道，"我从不知道熊还可以有这种颜色。"

"好吧，"弗雷泽说，"等它们走了，咱们安全了，你再夸也不迟。现在我们要把食物给它们，然后跑到安全的地方。这玩意儿一掌下来，我们就和今天钓到的鳟鱼一个下场了。"

亚马逊这才回过神来。今天钓到的三条鱼正在脚下，她捡起一条，朝母熊扔去。鳟鱼在地上滑了滑，母熊往前迈了一步，闻了闻。弗雷泽把剩下两条扔过去。母熊蹲坐在地上，用大爪子抓住鱼，开始大快朵颐。幼崽从母熊身后钻出，加入了这场盛宴。

"趁现在，"弗雷泽说道，"跟着我。"

水上飞机就停在离平台五米远处,刚好在两只熊的对面。弗雷泽计划从飞机另一侧进去。他知道爸爸也会这么做的,这样才安全。

他牵起亚马逊的手,一块儿往水里走,眼睛也不忘盯着两只熊。很快,湖水没过了膝盖。他们开始绕到飞机旁。

弗雷泽被水里的一根树枝绊了一下,摔倒在冰冷的湖水中。他不自觉倒吸一口凉气。母熊突然跳起来,发出像狗吠一样刺耳的叫声。亚马逊刚搀起弗雷泽,母熊就向二人狂奔过来。

"哈!这里!"哈尔在岸边喊道,试图引起母熊注意。母熊转身看着哈尔,本能地将幼崽藏到自己身后。这个大块头让母熊忘记了两个小块头。他对幼崽更有威胁性。哈尔发出舒缓的声音,慢慢向后退,向母熊表明他不想掳走幼崽。

"快点儿,"弗雷泽小声说,"趁它还没看到……"

他们顾不得小心翼翼了,哗啦哗啦地朝水上飞机奔去。水现在齐腰深,亚马逊觉得湖水好像是糖浆做的,在抓她,吮吸她。尽管距离安全点只有几米之遥,她还是觉得筋疲力尽。

弗雷泽先爬上了飞机,把自己拖上了浮子。浮子使本就脆弱的飞机在水中摇晃。他再将亚马逊从水里拽上来,奋力打开舱门。

亚马逊回头看,想确定母熊会不会猛扑过来。这时,母熊仍然怒视着哈尔,用巨大的前爪护着幼崽。

亚马逊砰地关上身后的门,顿时感觉彻底安全了。今天早些时候,在哈尔的带领下,他们见过复杂的控制台上面那些刻度盘、开关,还有哈尔紧握的操纵杆,而此刻,就连塑料座椅的气味都让她感到舒服极了。破旧而熟悉的内饰让她无法想象,自己会在加拿大的野外被一只愤怒的熊杀死。

他们透过脏脏的窗户向外望去。母熊和幼崽正在吃鱼,一副放松惬意的样子。哈尔又往后退了几步,蹲在地上观察着这一幕。

弗雷泽说:"刚才,相当,呃,紧张。"

"是啊,我都受不了那熊样了。"亚马逊说,脸上掠过一丝笑意。

弗雷泽看着她。"这是我听过的最糟糕的笑话,和布鲁伊出去玩意味着我听过不少笑话。"他说。但他的嘴开始颤抖。这个笑话像大锤一样击中了他们的笑点,他俩先是咯咯笑,然后是轰然爆笑。

"你这么聪明,能想出一个更好的熊笑话。"亚马逊边笑,边喘着气说。

弗雷泽用袖子擦了擦眼睛。"好吧,"他说,"给你讲一个。北极熊在家待着很无聊,于是决定去找企鹅玩儿。它走啊走啊,走了一年才到南极。它敲了敲企鹅家的门,说:'喂,企鹅,出来玩儿啊!'企鹅高兴地说:'好啊,我们去你家玩儿吧!'"

这个笑话又让他们笑起来,过了几分钟,两个人才想起该看看窗外的熊餐。

母熊和幼崽已经把扔给它们的三条鳟鱼吃光了。这时,母亲正昂着鼻子嗅空气。

"你猜她还饿不饿。"弗雷泽说。

令他们错愕的是,母熊动身了,向水上飞机游来。

6
漂浮的监狱

"这可不妙。"弗雷泽说。

"你爸爸去哪儿了?"亚马逊问道。她刚刚注意到哈尔没再盯着他们。

弗雷泽还没来得及回答,母熊就来到了飞机前。它笨拙地爬上浮子,一时从他们的视线中消失了。然后,它那硕大的头出现在窗户上。亚马逊和弗雷泽都努力抑制住自己的尖叫,但还是不由自主地紧紧靠在一起。

熊把鼻子贴在窗户上闻了闻。

"我不明白,"弗雷泽说,"我们在这里,对它和它的孩子没有威胁。这根本不是熊的惯常行为。除非……"

"除非什么?"

"嗯,我想,它可能并非真正关心孩子的安全。它可能只是饿了,把我们当成了第二道菜。"

"但熊肯定不吃人……"

"不吃,通常不吃。它们更喜欢老鼠和浆果。但有时候,熊会想尝尝新食材。"

就在这时,哈尔回来了,带着他的步枪。

"你爸爸不会射杀那只熊的,对吧?"亚马逊脸上写满了担心。

"不会!我希望不会。除非我们真的有危险。"

"可你刚说熊可能要吃了我们……"

"是的，但我认为熊不会……"

弗雷泽正要说"进来"。这时，熊开始用它有力的脚爪敲打机舱门。

整个飞机又开始左右摇晃，两个年轻人吓得大声尖叫起来。那声音似乎刺激到了熊。亚马逊见哈尔向前迈了一步，他拉开那把旧步枪的枪栓，装了一发子弹。

弗雷泽看见有个东西从亚马逊夹克的大口袋里冒出来。

"伙计，这是我想的那个东西吗？"他指着露出来的尾巴说。

"什么？哦，那个，我……你瞧，这是我第一次钓鱼，我不想把所有鱼都给了熊，只是想留一条给大家看看……"

弗雷泽没等她说完，一把就将鱼从她口袋里掏出来，然后跳到飞机后座，拉开一扇窗。熊的头朝他的方向猛冲过来。他把鱼在母熊鼻子前晃了晃，迅速将鱼扔进了湖里。母熊直接向鱼扑去，激起的波浪又让小飞机东摇西晃起来。

"快！"弗雷泽喊道，"快跑！"

他们跳下飞机，一起冲向岸边。哈尔跑过去迎接他们。那只熊幼崽还在平台的一半处，朝他们这边咆哮，微弱但凶猛，熊妈妈立刻冲了回去。

"好了，我们后退。"哈尔指挥道，他仍然握着枪，准备开火。"慢慢来。"

不需要进一步指示了。两个孩子紧紧靠在一起，慢慢离开了湖和熊。尽管没有那位暴躁老妈的袭击，他们还是跌跌撞撞地回到了营地。

7
灵熊

"真是幸运逃生呢!"他们在营地吸着寡淡的汤时,哈尔感叹。

弗雷泽说:"我认为,我们没事了。"

"我是说那只熊侥幸逃生了。如果有必要,我将会采取'非常手段'。那样的话,此行就太压抑了。"

"我从没见过那样的熊。"亚马逊试图转移话题。因为自己偷偷留下的鱼而让熊惨遭厄运,一想到这儿,她就受不了。"它们的毛色太惊艳了,是因为得了白化病吗?"

"不,不是白化病。得了白化病的熊眼睛是粉色的。"哈尔说道,"那两只是美洲黑熊的亚种——柯莫德熊,生活在加拿大不列颠哥伦比亚省。加拿大原住民喜欢管它们叫灵熊。我喜欢这个称呼,因为它们看上去像熊的灵魂一样。它们长成这样是由一个基因突变造成的。这种熊不常见,一般生活在沿海一带——我们从没在内陆这么远的地方见过。"

这时,太阳落山了,天气越来越冷。哈尔又往火上添了一把木柴。

"过去,你常和罗杰叔叔来这里吧?"弗雷泽觉得,亚马逊可能想听一些关于她父亲的故事。

哈尔点了点头,但并没像弗雷泽预料的那样讲起他和弟弟陷入的困境、经历的趣事,而是清了清嗓子,开口说话。

8
哈尔·亨特的故事

"我从没给你们讲过吧,你们的祖父、我的父亲约翰·亨特,差点儿就死于非命——就在从这儿往北,靠近阿拉斯加的边界。你们可能不爱听,我们当时去那儿是为了收集秃鹰蛋。不过别急,这都是为了拯救物种。这种鸟曾经在北美很常见,但现在只剩几百对了。

"科学家发现,受到一种叫作滴滴涕的杀虫剂的影响,秃鹰蛋的蛋壳会变得薄而脆弱。当秃鹰坐上去孵化时,蛋就会碎掉。所以,我们要为圈养繁殖计划去那里收集一些蛋。如果在繁殖季早些时候拿到蛋,秃鹰就可能又下一次蛋,这样就能很好地保护这个物种。没错,我想我们现在的做法会和过去不同。不过在那个年代,我们对保护环境和动物所知甚少。

"我爸爸就开着和今天这架很像的水上飞机出发了。飞机上只有爸爸、罗杰和我,我们计划在这儿最多待三到四天。我们带着一个孵化箱,等回到新英格兰①时,小鹰就孵化出来了。

"清晨,我们从加拿大的温哥华出发。天气很好,一切进展非常顺利。接着,爸爸发现油箱马上就要没油了,油量无法支撑我们往返的行程。他判断是飞机漏油了。

---

① 新英格兰:位于美国本土的东北部,是美国大陆东北角濒临大西洋、毗邻加拿大的区域。

"这可是相当糟糕的消息,意味着飞机必须降落在附近一个湖上。飞机迫降后,我们得徒步上百千米到有人烟的地方去。这是一场毫无准备的远征。不过我和罗杰没有太担心,反而都很兴奋,感觉要进行一场真正的冒险了。从这儿走个上百千米,需要依靠智慧,而且爸爸也在……你们知道,多数时候他让我和罗杰独自环游世界,我们很少有机会和他度过这样的时光。

"然后,我朝爸爸看去,他很焦虑。老约翰·亨特性格沉稳,但那会儿可不。汗珠从他脸上滴下。他在找一个安全的地方降落。我们越过了几个小湖泊,但没有足够的空间让飞机安全着陆。这时,油箱仪表盘只显示一个大大的红色的零。

"你老爸,亚马逊,还在哈哈大笑,在开玩笑,那是他的方式,而我和爸爸更清楚当时的状况。爸爸驾驶着飞机成功越过了又一个山脊——飞机离山体太近了,刮到了松树枝。飞机下方是一汪美丽的长形湖泊,可以用来降落飞机。我现在还记得,湖面风平浪静,闪闪发光,像一条水银河。

"我看到父亲的表情放松下来。他甚至笑了笑,对罗杰说我们晚上去湖里钓鱼。他没有提升飞机的高度,螺旋桨还在转。

"只有一千五百米左右的时候,飞机抛锚了,从最后十五米掉下来,撞到了树上。那感觉就像世界末日到了一样。机翼被扯了下来,机身裂成了两半,仿佛有人在打鸡蛋做煎蛋卷。

"当然,我们系了安全带,这救了我们的命。我后来醒了——昏迷了大概几分钟吧——我不知道发生了什么事,也不知道自己身在何处。我甚至不明白我看到的是什么。你们知道了,飞机翻了,我被倒挂着。罗杰就在我旁边,刚刚苏醒过来。我迅速检查了他的身体，似乎没什么事，只是被撞击震昏迷了。

"然后，我看到了爸爸，在我下面的林地上，我立刻知道他受了重伤，因为他躺着的样子，全身扭曲。

"我设法叫醒了罗杰，我们从树上爬下来。我们都被吓得发抖，能完整无缺地下来真是奇迹。

"随后，罗杰看到了爸爸的状态，他崩溃了。你老爸很生气，亚马逊。他只是个孩子，而我已经是个大人了。"

亚马逊被这个故事深深吸引了，不知道该说什么。在她的脑海里，她和罗杰、哈尔和老约翰·亨特一起在坠机现场。

"他伤得有多重？"弗雷泽问。

"爸爸昏过去了——他的头被狠狠地撞了一下，腿开放性骨折——胫骨从撕裂的裤腿中伸出来。罗杰惊慌失措，吓坏了。我告诉他去找两根粗树枝，用他的刀把树枝修好——我们需要用树枝来固定腿，同时，我也想在给爸爸治疗伤口的时候，给他找点儿事做。

"在野外，开放性骨折可能是最糟糕的事情。断裂严重，而且可能会越发严重。那块骨头看起来像一根断了的木棍，呈锯齿形，惨白。幸运的是，碎片没有划破主血管，因此，尽管爸爸的腿在流血，但血并没有，嗯，喷涌而出。

"遇到这种情况常规建议是尽可能止住出血，然后等待医生来救治。外行处理开放性骨折基本就是雪上加霜。不能碰骨头，那样只会更损伤周围的皮肉，让整个伤口感染。可那里没有医护人员，只能靠我了。还好我读过急救方面的书，大概知道该怎么做。

"我们有很多瓶装水，还有一个药品齐备的医疗箱。医疗箱从飞机上掉下来了，离我爸爸不远。所以，首先我把碘片溶解在一瓶水里，用来冲洗伤口，伤口上满是烂叶腐土和其他脏东西。

"然后是最难的。我知道，如果我们要把我爸爸活着救出来，前方还有一段艰难的路程要走。我不能让爸爸的骨头那样露在外面，那样伤口永远不会愈合，感染会将他置于死地。

"罗杰回来了。他依然沮丧，但他和我一样清楚，我们必须保持冷静，才能解决问题。我让他紧紧抓住爸爸的肩膀，我去拉爸爸的脚。我设法让骨头顺着原方向回到大致正确的位置上。如果我搞砸了，骨头锋利的边缘会造成更多的组织损伤，甚至可能会划破动脉。还好爸爸仍然昏迷不醒。如果他醒着，一定会疼死。这种疼痛足以使他休克，要了他的命。

"医疗箱里有绷带，于是我尽可能地清理并包扎伤口，又用一些绷带把两根树枝绑在爸爸腿上。你们知道，保持腿部固定是很重要的——骨头的任何移动都将是灾难。

"然后，我回到树上，把有用的东西都扔下来——我们有一点儿食物和一些露营装备，还有几支枪，其中有一把步枪以及我爸爸在军队里用的柯尔特45。

"那会儿已经太晚了，回不了大本营。所以那天晚上我们就在湖边扎了营。爸爸夜里醒了，我松了一口气。只是他那条腿疼得厉害。他说我们应该把他留在上面，自己回去，然后派一队人回去接他。但我们都知道，那样的话，救援队只会发现他的尸体，我不会让那种事发生的。

"第二天早上，我们做了一辆雪橇——你们知道，就是那种用树枝做的雪橇——把爸爸绑在上面，然后上路。对爸爸来说，每走一步都是痛苦的,但他除了偶尔哼哼两声,没有抱怨。

"我有一张地图和一个指南针,而且我方向感很好。此时我们正要从安克雷奇①到新港路,两地距离估计有八十千米远。我想可以在那儿搭车。走这些路花了我们四天时间。一路走来很是艰难,我们一直在把雪橇拖上去或拖下来,下山有时比上山还难。可我们不想抛下爸爸。

"第二天晚上——也就是旅途的第一天,我们的状态还不错,但爸爸仍然非常痛苦。他渐渐失去了意识,他清醒的时候,我们会谈论一下计划。我可以看出,他为我们采取的做法感到骄傲——尤其是罗杰,正如我一直说的,他只是个孩子——和你差不多大,弗雷泽。"

亚马逊看着堂兄,试图想象她的父亲和他年纪一般大小的模样。她笑了,尽管故事听起来有点儿残酷。

"我检查了爸爸的腿,"哈尔继续说,"绷带上结满了干涸的血迹。当我解开绷带时,他肯定疼得要命。伤口看起来并不严重,但我觉得我闻到了某种……嗯,某种不太好的味道。于是我又用碘伏冲洗了一下伤口,爸爸从喉咙里发出了一种低沉得像是只有动物才会发出的声音,还用拳头捶打地面。罗杰努力按住他。

"麻烦是从第二天开始的。我们听到狼群嚎叫,但并没有多想。我们知道,现代社会几乎没有人类被狼攻击的案例,但那也只是没有发生而已,熊也是如此。爸爸一直能对付狼,因为农场里总是有狼,而且我们也觉得狼是我们的朋友。

---

① 安克雷奇:美国阿拉斯加州最大的城市,位于阿拉斯加中南部。

"但有几件事,我们没有考虑到——漫长而艰难的冬天过后,就是春天,狼群有了幼崽,所以它们需要大量的食物;而且狼群能感觉到爸爸受伤了。

"狼是厉害的猎手,没有一种食肉动物不喜欢去捕食快到嘴边的猎物。

"那天,狼群跟踪了我们。我们一次也没有遇见过它们,但我们知道它们在那里。它们在捕猎过程中没有嚎叫,可有迹象表明森林里有狼。

"那天晚上,它们嚎叫起来了。我们生了火,我想是火让它们离我们远远的。爸爸身子很烫,尽管伤口用碘伏清洗过了,但他还是被感染了。他开始发烧,意识模糊。他说了很多关于我们妈妈的事,而他平时从不这样。妈妈在我们还是小孩儿的时候就去世了。而且,他不仅仅是在谈论她,而是在和她对话。嗯,这场面,罗杰也很难接受。

"第三天,我们看到了狼群。它们一行七只,伫立在一个山脊上。领头的那只狼黑得像黑夜。它看起来就像一个狼形剪影。它望着我。不过它离我太远,我看不清它眼睛,但我知道它在看着我,仿佛要看穿我的灵魂,问我是否有勇气,是否愿意担起我的责任。当那只狼看着我的时候,我知道我要把爸爸带回家,我要以命相搏。

"晚上,我生了一堆火,火旺到好像你可以从太空看到它。我还做了一件事——整晚都待在火堆旁。只要有我在,就不会让狼群溜进帐篷。所以我坐在那儿,手里拿着柯尔特45。那支步枪——和现在这支型号一样——是一把单发栓动枪,而我需要一把射击速度更快的枪。射程会很近,我不需要步枪的精度。

"我背对着火堆坐着,听到罗杰在和爸爸说话。他正试图安抚爸爸入睡。我看着星星出来,月亮升起,不过月亮只有细细的一牙,就像透过烛火看到的一弯指甲的样子。我裹在毯子里,把枪放在腿上。

"尽管我决心保持清醒,但还是睡着了——前一秒我还醒着,后一秒就开始做梦。我不知道是什么把我吵醒的,也许是猫头鹰的叫声吧!嗯,不管是什么,是那声音救了我一命。因为那时那刻,狼群首领正站在我面前——就是那只大黑狼。它就像童话故事或者噩梦里会出现的梦魇一样,站着一动不动。如果不是最后一点儿火焰从它的双眼里反射回来,让它们看起来像恶魔的红眼睛的话,我想我可能都看不到它。我伸手拿起枪,对准狼——"

"你杀了它吗,爸爸?"弗雷泽问道,他的眼睛睁得大大的,被火光照得闪闪发光。

哈尔沉默了几秒钟,继续说道:"我把枪对准了狼,扣动了扳机,但没有拿掉保险。这是男孩子会犯的错误。它几乎没有发出任何声音——我指的是那把手枪——当我打开保险,准备开火时,还是吓了狼一跳,它跳开了。

"不知道为什么,我内心总有一种感觉,它已经在那里很久了,也观察了很久,它想知道我是谁。它本可以轻而易举灭了我,我猜。事实是,它可以灭我,但没有那么做;而我想要灭它,却失败了。这件事改变了我。从那天起到现在,我再也没杀过任何动物,除了锅里的鱼。

"第四天,狼和我们待在一起,但我再也没有感受到它们的威胁。我把一些食物留在了营地。也许，它们跟踪我们，只是为了多得点儿吃的。"

"那天晚些时候，我们来到一条运木材的公路上。我们很幸运——几小时后，我们遇到了一辆卡车。卡车司机是个法裔加拿大人。他不相信我们所做的一切。那时，爸爸已经完全失去意识了。起初，卡车司机不愿意让爸爸和我们一起上车，他说爸爸喝醉了。罗杰发火了。他拿起步枪，说如果司机不直接把我们带到最近的医院，他就打穿那个法裔加拿大人的腿。

"卡车司机只是看了看罗杰，甚至没有眨眼。他并不害怕，但他同意了。我猜他明白了我们的意图。所以后来他开车带我们回了安克雷奇。

"爸爸在那里的医院住了三个月。刚到医院的时候，他腿部的感染已经扩散到骨头，医生能做的就是保住爸爸的这条腿。从那时起直到他去世，爸爸走路都一瘸一拐的。他仍然尽可能地参与我们的保护项目，但他已经不是原来的亨特了。基本上，从坠机的那一刻起，就只有我和罗杰一起对抗坏人了。"

哈尔不再说话，长时间的沉默后，弗雷泽清了清嗓子。

"哎，爸爸，我从来没有听你说起过这个，我想这说明了很多问题。"

"不，儿子，这并不能说明什么。这只是一件已经发生的事情罢了。我……我们已经翻篇儿了。说到这儿，我们明天还有工作要做，我建议大家都去睡一觉吧。"

夜里很冷。亚马逊和弗雷泽直接穿着衣服睡去。过了一会儿，亚马逊醒了。

"弗雷泽!"她悄悄喊着,想看看堂兄是否已经醒了。没有得到回应,她又戳了戳他,"弗雷泽!"

"干吗?"

"你听到了吗?"

"我在睡觉呢……你要问什么?"

"我想我听到了什么!"

"什么样的声音?"

"我不知道,移动声、嘈杂声,也许是一只熊。"

"不可能,所有食物都绑在一棵树上,离营地远远的。不会有任何熊的,你快去睡吧。"

"等等——又是那个声音。"

现在弗雷泽也听到了。

"它听起来不像是我认识的任何动物会发出的声音,"他轻轻地说,"可能只是一只鹿或浣熊,也许是一只臭鼬。"在内心深处,他有一丝恐惧,担心它可能是狼獾,再次找机会来咬他屁股。他宁愿面对一只熊。

"你能去看一下吗,弗雷泽?"亚马逊恳求道。她被吓坏了,弗雷泽知道,想要摆脱非理性的恐惧——她对熊的恐惧或是他对狼獾的恐惧,解决办法要么是运用知识,要么就是使用手电筒。他从背包里拿出手电筒,小心翼翼地解开了固定在帐篷挡板上的绳索。亚马逊蹲在他身后。

然后,弗雷泽没有做任何说明,慢慢爬了出去,预备潜入黑夜。亚马逊抓住了他。

"弗雷泽,你要去哪里?那是什么动物?"

"是我爸爸。他在哭。我想他是因为你爸爸而哭泣。我要去抱抱他。"

亚马逊在她堂兄和伯伯的谈话声中渐渐睡去，他们仍在火堆旁低声交谈。她进入了梦乡，在救援故事里找到了希望。像罗杰和哈尔一样，她会把自己的父母从荒野中找回来。

9
消息

清晨,透过帐篷的阳光没有唤醒亚马逊,把她吵醒的是伯伯焦急的声音,还有从卫星电话那头传来的断断续续的嘈杂声。

"你确定吗?一只灵熊?它杀死了一个小男孩?你们还没有找到它?等等,我让小分队协调一下。是,我们离得不远,可以骑山地车过去,就几个小时。德拉克斯,谢谢你,再见。"

亚马逊摇醒弗雷泽,爬出帐篷。哈尔已经开始往小包里装日常用品了。

"爸爸,发生了什么事情?"弗雷泽揉了揉眼睛,想把睡意赶跑。

"有麻烦了。"哈尔一脸严肃,"一群登山者来到离这里不远的山里露营。昨晚他们在营地被一只灵熊袭击了,并且受了伤,有三人受伤严重。还有一个第一次跟着父母来登山的六岁小男孩——本·威茨,他失踪了。你们肯定能想象得出他的父母该有多慌乱。他们也受伤了,但还是在到处找孩子。今天上午,他们被加拿大骑警巡逻队接走,坐飞机离开了。"

亚马逊插话道:"你说是一只灵熊袭击了露营者?"

"是的。"

"但肯定不是我们昨天看到带幼崽的那只吧?"

"应该不是,虽然我也非常怀疑,但它们离营地太远了。此外，登山者们谈到了一只巨大的熊。如果不是因为皮毛颜色，他们会说那是一只灰熊。即便它是只稀有的灵熊，那也救不了它。"

"为什么？"亚马逊喊道，"这话是什么意思？"

"这次袭击的消息已经传回了鲁珀特王子港和其他地方，附近的猎人都会到这里来寻找灵熊。一个小男孩可能因它而丧命，它必须要为此付出代价。"

"但这是不对的！"弗雷泽说，"他们不能随意射杀灵熊！"

"你忘了人类是什么样子的。他们想要复仇。"

想到美丽的灵熊妈妈和灵熊幼崽可能会面临的一切，亚马逊已怒火中烧，"我们能做些什么吗？"

"是可以做些什么。"哈尔脸色愈发沉重，"我会找到并杀死这只灵熊。"

"不可以！"亚马逊大喊道，"你说你永远不会杀动物。"

"爸爸，"弗雷泽的声音里充斥着惊讶和恐惧，"你不能……你一定有别的方法。"

哈尔摇了摇头。

"除非找到那头真正的杀人熊，否则这里的每一只灵熊都有被猎杀的风险。找到凶手是拯救其他熊的唯一办法。"

弗雷泽和亚马逊都很不情愿地接受了这个方案，他们也看出了哈尔的痛苦。

"爸爸，"弗雷泽说，"我去收拾东西。"

"不行。"

"为什么？"

"你留在这儿。有一只杀人熊在到处闲逛，这太危险了。还有，"他声音压过弗雷泽的嘟囔声，继续说，"我一个人行动更迅速。如果今天能找到那只灵熊，我就能处理它，并在其他无辜的灵熊被杀之前把消息传回去。如果有什么情况，你就给我打电话。每隔几个小时我会查看一次卫星电话。噢，提醒我了，另一个卫星电话快没电了，去把它插在太阳能电板上。几个小时后电就能充满。"

十五分钟后，哈尔从营地出发了，最后又交代了几句。

"我觉得灵熊不会来这儿，但我不想冒险。所以我希望你们俩留在飞机上。白天还算安全，但是晚上一定要这么做。明白吗？"

"好吧。"两人回答得有些不情不愿。

"我是认真的。杀死小孩儿的灵熊很有可能在帐篷里横冲直撞，摧毁一切。"

"我们会留在飞机上，哈尔伯伯。"亚马逊说。

哈尔看了看她，苦笑了一下，消失在树林里。

10
坏消息

头顶是蔚蓝的苍穹,眼前是一望无际的针叶林,远处是黑色的山和白色的山峰——哈尔走后,整个世界变得格外寂静。亚马逊和弗雷泽互相看着对方。

"我们现在做什么?"亚马逊问道。

"等着吧!"弗雷泽回答,"去钓鱼。"

"真的吗?你在开玩笑吗?"

亚马逊一直希望,可以说是期待着弗雷泽永远不会坐以待毙,因为平常他像台风一样势不可当。他肯定愿意骑山地自行车去侦察……

"但我妈妈和爸爸,"她努力不让自己抽泣,"我们可以骑山地自行车……"

"我答应了我爸爸,亚马逊。"弗雷泽逃避着她热切的目光,说,"你了解我的做事风格。如果有回旋余地,我一定会试试看。但是爸爸让我保证,所以我就要遵守承诺。我爸爸就是一诺千金的人。就是因为这样,你不可以违背对他的承诺。"

"但我感觉自己很没用……"亚马逊说道,"如果我们只是在这里无所事事,我会疯掉的。我觉得我爸爸妈妈就在某个地方,我努努力就能找到。这让我非常痛苦。"

弗雷泽用胳膊搂住她,把她抱得紧紧的。他平常看起来傻乎乎的，让她忘了作为一个孩子他有多么强壮。

"听着，我爸爸明天就回来了，一切就能回归正常。我说过——他一诺千金。对有些人来说，一诺千金只是代表不说谎。但对我爸爸来说，这不是种被动的表现——我的意思是，这代表他能说到做到。他说他会找到你的父母，所以他就会去找，并且找到他们。好了，现在，"弗雷泽边说边把卫星电话的USB接口连接到大型黑色太阳能电板上，"让我看看你还记不记得怎么抓鳟鱼。"

钓鱼的过程并不顺利。他们坐在飞机肥大的圆柱形浮筒上，把鱼竿和他们的脚放进平静的湖面。亚马逊钓到了一些带刺的小鱼，在她看来，这些鱼相当漂亮，它们长着闪闪发光的红色鳞片和五彩斑斓的蓝色鳍。弗雷泽不屑地摇了摇头，"垃圾鱼。"接着放开鱼钩并把它们扔回湖里，"它们全身都是骨头。"

最让他俩惊喜的是一只巨大秃鹰的造访。这只秃鹰长着黑褐色的羽毛，上面缀着金色的亮点，脑袋是纯白色的。

亚马逊感叹道：好酷！那是一只秃鹰，对吗？哈尔伯伯正在救助的那种鸟。"

"对的。"弗雷泽回答说，"秃鹰保护行动已经取得了很大进步。爸爸说过，它们之前在全美国只剩下几百只，但现在至少有五万只。这都是因为他们禁止了杀虫剂，也就是爸爸说的滴滴涕。"

"我从没有见过那种杀虫剂，除了在电视上。"亚马逊说。

接着，她想到自从几个月前参加"动物保护"以来，她在现实生活中看到的所有动物：老虎、豹子、熊、海龟、鲨鱼。真是梦想成真，她在心里开心地笑了起来。

在他们的注视下,一只老鹰威严地拍打着湖面,俯冲下来,用脚钩住了一条鱼。

"这就是它的捕鱼方法。"弗雷泽说。

但话说得太早。这条鱼很大,它扭动着,翻转着,表明非常不想离开自己的生活环境。老鹰试图用另一只爪子去抓鱼,没有成功。而那条鱼——和那天送给母熊的差不多的鳟鱼——"啪嗒"一声又掉进了湖里。

老鹰似乎被整个过程激怒了,它又俯冲下来。这一次,它的下落太陡了,无法做出第一次钩到鳟鱼那个精巧的拔丝动作。它直冲湖中去了。阳光下,羽毛纷飞,鳞片一闪而过。接着,老鹰用十足的力气从水里挣脱出来,飞回空中。这次,它用两只铁爪牢牢地抓着那条鱼。

亚马逊还在回味这戏剧性的一幕时,听到了一个意外的声音:音乐。她转过身,看到弗雷泽坐在飞机驾驶座上,头伸出窗外。

"都忘了这儿还有收音机。"他说,"现在不那么孤单了,是吧?"亚马逊本想说,在这块纯净的荒原之地,流行音乐的喧闹声似乎并不合适。就在这时,音乐结束了,广播电台开始播放新闻。

"……加拿大骑警队仍在寻找本·威茨,这个男孩在今天凌晨遭到灵熊的野蛮袭击后失踪……"

"嘿,"弗雷泽说,"那是——"

"我知道。嘘,我想听!"

"其中一位幸存者将它描述为'白色怪物',就像一个噩梦。搜索中心位于洪堡山以南的一个区域,在袭击发生之前,他们正在那里扎营。当地政府不鼓励猎人们前往该地,声称该做法可能妨碍搜索工作。来看另一则消息,来自爱德华王子岛[①]的红背足球队输掉了新一轮的比赛……"

弗雷泽关掉收音机。"我希望爸爸能找到那只流氓熊。可那要真是一个怪物,那我宁愿他找不到。"

亚马逊并没怎么听弗雷泽的话。

新闻报道中的一些内容在她的脑海里回放,就像一条钩子上的虫子吸引着自己的注意力。

她问道:"地图在哪里,弗雷泽?"

"放在露营地了。怎么了?"

"我不确定。也许……"

几分钟后,两人弯腰看着地图。

"新闻说在洪堡山以南,是吗?"

"我不记得了,也许吧。"

"我记得,就是在那里。那是我们应该去的地方,寻找我父母的地方。但是你爸爸已经往北边去了,是吧?"

弗雷泽一脸茫然,不解地皱起眉头。"是的,他往北边去了。我爸爸一定是搞错了。这不太正常,在认方向上他从不出错……也许他听错了……"

"他为什么走错路并不重要,但他确实走错了路。"亚马逊说,"你能给你爸爸打个卫星电话吗?"

"我正在打。"

弗雷泽跪在电话边上,电话还插在黑色太阳能板上。

[①] 爱德华王子岛:位于加拿大东部。

"哦,倒霉!"他叹了口气。

"怎么了?"

"我没把充电器插到插座上,结果这破玩意儿根本没充上电。现在,电话一点儿电都没有了。"

"要充多久的电,我们才能用电话?"

弗雷泽注视着空白的屏幕,摇了摇头。"大概需要几个小时。"

"可我们没有几个小时的时间了。那个小男孩独自在外。你知道这意味着什么,对吗?"

弗雷泽笑起来,他完全知道亚马逊在想什么。

"我的意思是,我们直接去洪堡山找那个小男孩。"

11
骑行

"只有一个法子能到那儿去,你猜是什么。"弗雷泽说道。

"山地自行车。"亚马逊语气平静。

山地自行车是弗雷泽的主意。那是他们出发来山区之前,在鲁珀特王子港的时光。

"比起走路,骑车可以去更远的地方。"弗雷泽说道。

而且他觉得骑车会很有趣。

于是,在采购物资时,他和亚马逊花了半天时间挑选适合的自行车,却忘记选购其他探险的必要物资。

"棘手的问题是,"他望着一排排自行车,若有所思地说道,"我们是骑全避震①的还是无避震的呢?"

"我要假装我听懂了吗?"亚马逊说道。

"你会骑车吧?"

"我当然会骑,就是没怎么骑过山地车。我生活的英格兰地区山区不多。"

亚马逊的自行车还在英国,锁在她父母的车库角落,早已生锈。那是一辆非常平常的自行车,车身前面挂着一个购物篮,刹车时需要花上五分钟才能停下。这并不重要,反正自行车比树懒

---

① 全避震:全避震自行车,就是前后都有避震器的山地车。

在泥塘跋涉的速度快不到哪儿去。

山地自行车则是弗雷泽的专业领域了。骑山地自行车是他特别喜欢的运动。

"好吧,我来快速把问题过一遍。长话短说,不然咱们得耗上一整天。最基本的问题是,咱们是否想要一种能以最大速度冲下坡的装备?是的话,就需要全悬挂自行车。如果上坡和下坡一样多,那就要越野自行车,需要考虑减少重量,这意味着牺牲后悬挂。但这也意味着屁股会疼,特别是当咱们真成功下坡的时候。"

亚马逊对于买车问题有点儿不耐烦了。

"你来决定吧!我就想要一辆粉色的。"

"没问题……"弗雷泽说道,他并没有真正在听亚马逊的回答。他猛地抬起头来,从她嘴角露出的狡黠笑容中他明白了,亚马逊刚刚在开玩笑。她不是那种看上去喜欢粉色的女孩。最后,弗雷泽选择了一辆无悬挂、哑黑色的加能戴尔[①],亚马逊则选择了一辆碳纤维车架的全悬挂马林[②]。颜色是很酷的金属灰色,不是粉红色。

说回山区,他们都已全副武装,蓄势待发。他们计划吃点儿果仁混合包——这是一种由各种坚果和干果混合的高能量零食,他们轻型背包里还装着一些蛋白棒、巧克力棒、罐装汤和一些基本生存装备,以防万一。

"越野途中你最不想要的,"弗雷泽向亚马逊解释说,"就是沉

---

① 加能戴尔:美国知名自行车品牌。
② 马林:美国历史悠久的自行车品牌。

重的背包,那东西能剥夺所有的探险乐趣。"

他们都穿了追踪组织探险的必备装备——冲锋裤、羊毛衫和防水夹克。弗雷泽说过,白天凉,但不至于太冷。晚上就很不一样了,虽然他们也不打算在外面过夜……

亚马逊非常期待这次骑行,同时也有点儿焦虑。自从成为追踪组织的一员后,她经历了太多危险的情形。她知道自己长大了,成熟了,过去能困扰她几星期的事如今已变得平常。不过,那里仍然有大量荒野等着他们去探索。

"好了,把车搬出来吧。"弗雷泽说。他们出发了。

第一段骑程相当舒适。树林里有一条很棒的小路,而且路面平坦。树下的地面有点儿潮湿,但车是重型胎、深齿轮,能产生很好的牵引力。

小路上有几段起伏的路段,足以让弗雷泽向亚马逊展示如何让自行车跃起。

"骑的时候要用力蹬,"弗雷泽说道,"确保两个车轮同时落地,剩下的就不用管了。你来试一下。"

尽管自行车只在空中停留了一秒钟,最多前行了一米,但仍足以让亚马逊兴奋并恐惧地尖叫起来。落地出乎意料的容易,悬挂系统将所有的冲击力都抵消了。

"就说你会喜欢这样的。"弗雷泽和亚马逊并排骑着。

亚马逊异常兴奋,两人在森林中飞速穿梭着。阳光透过树枝照射下来,地面上光影斑驳,形成可爱的图案。

要不是任务严峻,亚马逊和弗雷泽肯定会玩得很开心。但是,现实让他们非常焦虑。他们在寻找一个失踪的小男孩。他们都希望他还活着。但还存在一种可能，一个可怕的可能，他们没法儿细想……

半小时后，原本可以接受的起伏地形变得更加崎岖。前方又出现了几个坡，每个坡都比之前的坡要陡峭。亚马逊很高兴自己的自行车有全悬挂系统，而不是像弗雷泽那样只有前悬挂系统——尽管这似乎并不影响他。

他每跃起一次都会高呼"哇哦"，还会在又长又直的路段上做个漂移。

"显摆！"亚马逊大叫，内心却是有点儿佩服，直到弗雷泽失去平衡向后摔倒，沉重的自行车压在他身上。

确认弗雷泽伤得不重，她才敢笑出来。

"你还好吗？"她边问边把他扶了起来。

"戴着头盔，我的皮又这么厚，我想我能活下来。"弗雷泽爬回自行车上，试图找回面子。

"走吧，咱们还有正事。"

亚马逊专心致志地骑车，无心欣赏野外景色，也没有注意到任何动物。她觉得仅有一次，自己看到了一个大大的、棕色的物体在灌木丛中轻巧地移动。是一头鹿？也许是一头驼鹿？它看上去太优雅了，不可能是熊。

不管怎样，她没有什么时间去思考，只能踩着踏板跟上堂兄。

他们几次停下来查看地图。两人都戴着GPS[①]定位功能手表，了解路线轻而易举。

---

① GPS：全球定位系统，是一种以人造地球卫星为基础的高精度无线电导航的定位系统。

亚马逊并没有意识到这一点，但现在她看出他们一定是在稳步攀升。树木越来越稀疏，两位追踪者基本是在阳光下骑车，而不是在阴凉处。接着，她第一次瞥见了他们的目的地：若隐若现的洪堡山。他们停下来，望着它。

洪堡山不够高，这个时节还没有被白雪覆盖，但依然令人难以忘怀。它的侧面高低不平，棱角分明，灰色的岩石几乎透着金属般的光泽。

"我们到底要怎么爬上去呢？"亚马逊绝望地问。

弗雷泽又把地图拿出来。

"看这儿，从等高线①上可以看到，北坡没有那么陡。"

弗雷泽指着地图，"这些线把处于同一高度的区域连在一起。就是说，线与线之间的距离越近，地形就越陡峭。再看这里，在我们所面对的山的一侧，这些线是紧密相连的，但在另一侧，它们的距离更远。明白了吗？"

亚马逊含糊地点点头。她以前在英国的寄宿学校时，从来没读过地图。

"当然，我看明白了。"

"你应该努力把这些东西记在脑子里。"弗雷泽回答说，完全没有平日开玩笑的样子。

"好吧，我知道了，"亚马逊抢着回答，"线条挨着意味着陡峭，线条离得远意味着，呃，不陡峭。"

弗雷泽翻了个白眼。实际上，他很享受这一刻自己智商上的

---

① 等高线：地形图上标高相同的点连成的封闭线。用以表示地势的高低。

胜出。

"我们所走的这条小路绕过了山脚,"他继续说,"我们可以从这里爬上去——"他指着地图。"其实这根本算不上攀岩,也就是散个步。我们登上山顶时,一切都可以看得清清楚楚。"

"我觉得你的计划可能有一个小问题。"亚马逊说。

"什么问题?"

"你听。"

"听什么?"

亚马逊举起手指向远处。在树梢上的风声和林中鸟儿的鸣叫声背后,是明显的水声——湍急的水声。

是急流。

12
跳过峡谷

他们又骑了几分钟,树已罕见,眼前是一个狭窄的峡谷,大约三米宽,下面大约五米宽的地方有一条湍急的小溪。脚下的河岸逐渐上升,像天然的坡道,然后消失在远方。

"倒霉!"亚马逊说,"我想我们得想办法爬下去,蹚过那条小溪,全身弄得又湿又脏,还得把山地自行车拖到对岸去。"

亚马逊意识到,她是在自言自语。

"该学学真正的起跳咯!"弗雷泽的声音从她身后传来,他已经沿着小路后退了。"你会喜欢的。看我怎么做,照着做。"

出发时,弗雷泽慢速骑行,随后迅速达到全速,冲上最后一段斜坡。到斜坡顶部后,他连人带车飞了出去,漂亮地落在峡谷较低的一侧。他转过身来,带着令人恼火的笑容面对亚马逊。

"轮到你了!注意确保两个轮子同时落地。"

"可,可是……"她开口道。

"说真的,伙计,没什么难的。这边比较低,你能成功。不过你要是愿意,我也可以在这里等着,等到你爬下来,游过去,再爬上来……"

亚马逊是个勇敢的孩子,但有个弱项:她恐高。这会儿更没主心骨了,她对自己的车技没把握呢。

让亚马逊下定决心的并非爬游组合(过这条小溪更像是蹚水,

而不是游泳，尽管她猜水会冰凉），而是一想到弗雷泽那么轻松就跃过去了，自己可不能做缩头龟。

于是，亚马逊嘀咕着各种难听的词，靠惯性回到小路上，这样就能有足够的速度一跃而起。

蹬轮上坡时，她的腿在疯狂抽动。一根低矮的树枝擦过她的头盔，她没有因此而停下或减速。

峡谷的边缘越来越近了。

她想象自己在飞翔。

她想象自己在往下落。

她想象着自己在数千米以下的溪流中、岩石中被压碎，摇摇欲坠。

亚马逊在离峡谷的斜坡顶部还有几米的时候刹车了——这几乎是一个致命的错误。山地自行车打滑了，直接滑到了悬崖边缘，车的前轮已冲出了悬崖。如果亚马逊还留在自行车上，就会从悬崖上滚下去。幸好，她设法灵活地从自行车上跳回到悬崖边，一只手紧紧握住车把，山地自行车也因此没有掉下去。

弗雷泽一脸惊恐地看到了这一切。

"你还好吗？"他喊道。

"我还好。"亚马逊哼了一声。她有点儿上气不接下气，膝盖也疼，但基本没事。

弗雷泽毫不迟疑，骑着车沿自己这一侧小路前行。他又跳了回去，这一次跳跃更艰难。他不得不借助身体的力量将山地自行车的前轮拖上去，即使这样也只是刚好成功。

"你不应该回来。"亚马逊说。这时，弗雷泽又把她扶到山地自行车上。

"追踪者从不抛弃同伴。"他回答说。虽然亚马逊想从这句话中找出讽刺的蛛丝马迹,但她只听出了真诚,"我们一起爬下去,应该没那么糟。"

"嗯?"亚马逊指了指下面的溪流,"下面是胆小鬼的路。我要跳过去。"

弗雷泽回头对她笑了笑。

"我从来就不觉得你是胆小鬼。那我们一起骑车跳过去吧!"

"真的吗?"

"真的。"

于是这一次,他们沿着小路往回骑,再掉了个头。两人一言不发,只是拼命地蹬山地自行车,一直蹬到悬崖边,一齐完美地飞了起来。他们的山地自行车正好在同一时刻落地。

"如果有人拍下这一幕就好了,"弗雷泽说,"肯定会成为YouTube①网站的热搜。"

"嗯,"亚马逊说,"那整个加拿大可不够您嘚瑟的。"

---

① YouTube:美国视频网站。

13
山

他们绕着山脚骑了一圈,路很好走,只花了半小时就来到一个地方。在那里,他们看见的不是近乎垂直的金属灰色岩石墙,而是一个破碎的斜坡——由断裂的页岩和松动的巨石组成。

这个斜坡可能没有他们刚刚绕过的悬崖那么陡峭,但对亚马逊来说,它仍是一道望而生畏的障碍,加之上面有松动和摇晃的石块,亚马逊难以接受。

"我们真的要爬上去吗?"她问,"看起来有点儿……不太稳……"

"这是附近的最高点。如果我们想找到那个小男孩,也许,只是也许,你的父母……"

他们有可能创造奇迹,找到爸爸妈妈,这种想法一直存在于亚马逊的脑海中。

"我知道,我知道,只是看起来,呃,很难。"

"你什么时候开始害怕困难了?哎呀,你已经见过老虎和更大的鲨鱼。更不用说——"

"好吧,我明白了。我们要把车放在哪里?"

"我正在考虑这个问题。上山是件很辛苦的事。但从山上下来也是如此——实际上,多数人摔倒是在下山的时候。而骑车下山……"

"你在开玩笑吧……"

弗雷泽大笑起来,那张嘴咧得,让亚马逊觉得他的脑袋一分为二,上嘴唇以上部分要掉下来了。

"我的老天。你不是在开玩笑吧?"

"听着,伙计,我一生都在寻找这样的下坡挑战,所以我绝不会把山地自行车丢在山脚下。如果你愿意,你可以把你的放在这里,但我要把我的车推到斜坡上,然后潇洒地滑下去。我在这里等你,如果你想的话。"

亚马逊看着他,摇了摇头,推着山地自行车往山上走去。

接下来的两个小时,单纯从体力上讲,是亚马逊一生中最艰难的两小时。斜坡太陡了,他们无法直接把山地自行车推上去,得费力走"之"字路线,来回往上推。两人都脱下外衣,只剩下黏在背上的T恤。

路面本身就很危险,有好几次,他们想倚着车身,却发现车在松散的砾石上打滑。

"你想休息会儿吗?"弗雷泽在某处问,尽管他们觉得已经走了好几个小时,但似乎没有任何进展。

亚马逊疲倦地摇了摇头。她担心如果停下来,就永远无法继续下去,到目前为止所有的努力都会付诸东流。她甚至没有停顿。她把手伸到背后,从包里拿出水瓶,喝了一大口,又放回去。

他们继续艰难前行,脚下不停地打滑,膝盖、小腿都擦伤了,但一直没有停下来。他们的前行不止一次引发了小滑坡,石块从身后的山上滚了下来。

很快,他们连抬头看一眼目的地的念头都没有了,只是低着头,慢慢地走着,就像朝圣者在朝圣途中祷告一样。

亚马逊抬起头,内心的绝望大于希望。突然,她发出喜悦的呐喊:他们就要成功了——最高的山脊就在头顶。他们的身体迸发出能量,两人跑了起来——嗯,更像是快速蹒跚。就在快要到达山顶的时候,他们发现脚下是坚硬的锯齿状的岩石,所以不得不把山地自行车抛在后面,但这给了他们新的活力。没有了山地自行车的重量,他们感觉就像空中精灵,像山羊一样跃上山顶,在巨石间跳跃的每一步都让他们高兴得大喊大叫。

到达山顶的那一刻,神奇的事情发生了。他们一路走来,天空一直是灰色——如同岩石一般的灰色。原本充满乏味和单调的天空以及毫无乐趣可言的徒步旅行,在此刻变得不同。灰色的天空像一块巨大幕布突然被拉开。璀璨的阳光照射下来,犹如耀眼的光线照进一间被遗弃已久的房间。

现在,天空透出一种令人炫目、晶莹透明的蓝色,只有款款几缕白云飘过,映衬得蓝天更加明丽。分明的蓝白色,使天地间的一切变得那样透明、干净,让人心旷神怡。

14
世界之巅

亚马逊和弗雷泽站在一块平坦的岩石上,身后是刚刚登上的断裂冰碛地貌,是相对好爬的斜坡。在他们的面前和身下是他们绕过的几乎垂直的巨大悬崖。眼前的景象着实令人震惊。虽然按照加拿大海岸山脉的标准来看这座山并不高,但它在数千米范围内,的确是海岸山脉的一个高点。

站在山顶,两位年轻的追踪者放眼望去,看到山峰像是被漫无边际的树海分割成的一座座岛屿。这些树就是他们骑车经过的那些针叶树——冷杉和松树。在山底还有成片的阔叶树——白蜡树和橡树。在秋天的繁盛时节,它们爆发出橙色、黄色和青铜色的耀眼光芒。远处,海岸山脉更高的山峰像巨狼的牙齿一样刺破了天空。

亚马逊和弗雷泽环顾四周,相互对视却默默无言。原本他们是去寻找那个迷路的小男孩,亚马逊希望她能瞥见山下燃烧的篝火,找到她父母。但是,眼前除了树木、岩石和闪闪发光的水以外,什么都没有。没有人类生活迹象,只有绝美的风景。

亚马逊终于忍不住说:"除去爬上来的艰辛,你会不会觉得这里看起来像天堂?"

"我觉得,"弗雷泽说,"这是一个适合野餐的好地方。"

他们吃了些果仁混合包,分享了一块巧克力,这是他们俩吃过的最好的一餐。美丽的环境,一路以来的饥肠辘辘以及征服一切的感觉,使得他们每吃一口下去都是满满的乐趣。

吃完后,他们把垃圾放进背包里,弗雷泽把莱卡相机放在石头堆上,打开了自拍功能,傻傻地拍了几张照片。接着,弗雷泽从不同角度拍了一些全景照片。

"等我们回去,我会把这些照片放到咱们组织的Facebook[①]页面上。"他说。

但这些话让他们想起了来这儿的目的是什么。

"现在,"他继续说,"来看看我们能看到什么。"

他拿出双筒望远镜——爸爸在他十一岁生日时送他的一副施华洛世奇双筒望远镜。

他慢慢地转过身,扫视着森林。当亚马逊用自己的好视力,再次凝视着加拿大的无垠荒林时,她内心突然涌起绝望。

"没用的,"她喃喃自语,"这里有这么多……我们怎么能指望找到什么呢?那个小男孩、我的父母……一切都是徒劳。"

弗雷泽把双筒望远镜放回脖子上的挂带上。

"亚马逊,如果是徒劳,我爸爸就不会带咱们过来。他很爱他的弟弟,同时他也是个实事求是的人。他从不浪费自己的时间。他有充分的理由相信你的父母仍然活着。"

---

① Facebook:美国的通信社交app软件。

15
老友归来

弗雷泽说话时,亚马逊一直在凝视着不远处,试图找到一丝希望。但这时,在他们脚下的斜坡上,稍近的东西吸引了她的目光。一个苍白的,正在移动的东西。

不,不是一个,是两个。

她碰了碰弗雷泽的手臂。

"快看。"她说,声音很平静,几乎是轻声细语,尽管那两只动物离得远,就算大叫一声,它们也听不到。

"什么?"

亚马逊默默地指向它们刚登上的斜坡。

是灵熊——母熊和幼崽。母熊走得小心翼翼,但带着某种目的。它似乎很纠结,既想追踪一些气味,又害怕离幼崽太远。

"不可能是我们遇到的那两只灵熊,对吗?"亚马逊问道。

"不,我想肯定是。你不可能在这里看到另外两只走得如此近的熊——熊和熊之间不会走得这么近。"

"它们在做什么?看起来它闻到了什么。也许那里有一头受伤的麋鹿、一些腐肉,或者只是蓝莓草丛。每年这个时候它们需要大量食物来储存脂肪,保证度过冬眠期。"

"你注意到了吗?"亚马逊说道,"它好像是沿着我们爬上来的路走来的。"

亚马逊脱口而出，但并不明白接下来会发生什么，不过她慢慢看懂了，现在的状况显而易见，明显得就好像是在灰色的山坡上发现一只金色的熊一样。

弗雷泽做了个吞咽的动作——亚马逊觉得他的动作有点儿夸张，仿佛是卡通片里一只金丝雀被饥肠辘辘的猫盯住的样子，这也可能只是一个男孩面对自己即将成为猎物的状况时的本能反应而已。灵熊还是来了。然而它们走得相当慢。按照这个速度，它们要花上和亚马逊和弗雷泽一样长的时间才能到达山顶。亚马逊问能不能用望远镜观察一下这两只灵熊。弗雷泽递给她，但是她看出来弗雷泽有些不太情愿。

"别摔了，"他叮嘱着，"这玩意儿非常贵重，有内置图像稳定器和……"

"我知道了。"亚马逊回答说。

这款双筒望远镜真是好。亚马逊花了一两秒钟来对焦，但当对焦好后，她有点儿喘不过气来，出自本能地想往后缩——仿佛灵熊离她只有一步之遥。

在湖边看到灵熊时，亚马逊沉浸在它们的美丽和自己的恐惧之中，无法以客观的方式去观察。而现在用双筒望远镜看，就像在纪录片里看到它们一样，她耳边似乎响起解说员沉稳又平静的声音：

"柯莫德熊，又被称为灵熊——这种罕见而精致的美洲熊亚种——主要生活在加拿大西部茂密的沿海林地中，只有在需要食物的时候才会冒险进入更开阔的地带。我们看到柯莫德熊母亲和它的幼崽承受着——"

"伙计,"弗雷泽打断了她的白日梦,"我想也许我们应该离开这里了。我看不到任何飞机残骸,也看不到那个小男孩。我觉得我们应该回到营地,等着爸爸和我们会合。

"如果我们从山坡的东侧绕过去,就可以趁着灵熊没有注意到我们的时候回到小路上。风会把我们的气味吹走,除非我们开始大声唱歌,否则灵熊妈妈察觉不到我们。另外,你看,你那边的坡度不大,即使是像你这样的新手也能应对自如。我们应该可以骑下去,这也是骑山地自行车真正的乐趣所在。"

亚马逊不情愿地同意了。她曾经想象过她找到了父母并且救回小男孩的场景,但现在她意识到这只是一个梦。她自己也不过是个孩子,是时候承认现实了。

"慢慢来,"当他们悄悄地爬上放着自行车的斜坡时,弗雷泽说,"把身体放低。"

"熊的视力是不是不太好?"亚马逊低声问。

"这是谣言。它们视力没有它们的嗅觉或听觉那么灵敏,但跟人类差不多。它们在寻找猎物时会同时使用三种感官,而我们却只依赖视觉。"

"我希望你不要一直把我们当作猎物来谈。"亚马逊说。

趁着灵熊还没有注意到,他们顺利回到斜坡。可就在亚马逊扶起山地自行车时,她一不小心滑倒在松软的地面上,几块石头顺势从斜坡上滚落下去。这些石头又带动了一些稍大的石头。接着,在亚马逊和弗雷泽惊恐的注视下,石头迅速像滚雪球般下落,瞬间变成了山体滑坡。

"天哪,"弗雷泽说,"这要是发生在我们往上爬的时候,我们会被——"

"弗雷泽,快看!"亚马逊打断了他的话。

她指着山体滑坡的方向,只见山石正直奔灵熊而去。母灵熊似乎对即将到来的危险视而不见。它停下来,嗅了嗅,抬头看了看。有那么一瞬间,亚马逊以为那只灵熊正看着自己,但转念一想,它一定是在听山体滑坡的声音。

"哦,不!"弗雷泽不再费力压低声音说话,身子也抬了起来,"我们做了什么?"

这个过程缓慢得令人痛苦,却突然在一眨眼间结束了。石头瀑布混合着沙砾、卵石、岩石从山坡一拥而下。

母灵熊转过身来,试图引导它的幼崽爬到相对安全的树上,但显然它做不到。

似乎母灵熊也意识到灾难即将来临。现在它张开大嘴,把幼崽叼了起来,想把它扔到十米外的一块巨石上——石头体积很大,肯定不会被山体滑坡带下去,而且足够高,也许可以庇护它们。母灵熊到达巨石边时,一块石头正好砸在它身上。它试图爬到巨石上,但它嘴里叼着笨重的幼崽,爬不上去。于是它用力一甩,靠着强有力的颈部肌肉,把吵闹的幼崽扔到了巨石平顶上,并准备跳上去追幼崽。

可是太晚了。

来势汹汹的山体滑坡撞上了它,把它带到了好几米外的斜坡。它的身体在石流中翻滚、旋转,就像被水流冲走一样。有几个时刻,亚马逊认为灵熊妈妈能够躲过这场灾难。但随后,它被甩到了斜坡上的另一块大石头上。一秒钟后,又一块巨大的石头撞上了它。岩石吞没了灵熊妈妈美丽的金毛,它毫无生还的可能了。

起初,亚马逊和弗雷泽还在惊愕山体滑坡制造出来的噪声会如此巨大。此时此刻,周围变得一片死寂。他们俩愣在原地,好像岩浆在他们脚下流淌,把他们固定在了岩石中似的。

在碎石之下,他们没看到一丝金色皮毛的影子。亚马逊和弗雷泽的脸色渐渐变得像岩石一样灰暗。亚马逊流下了泪水,弗雷泽的眼睛里闪烁着泪光。

"我做了什么,我做了什么?"

亚马逊呻吟着,在弗雷泽耳边不断重复着这句话。

"这不怪你。只是……只是……只是运气不好,整个山坡随时都有可能坍塌。亚马逊,这些事情常在野外发生。动物经常因为这个而丧生。"

"但是幼崽……我们能做什么?我们不能把它单独留在这里。"

他们都把注意力集中在幼崽身上。它仍然在大石头上面,正发出令人心碎的声音,那是一种类似羊叫的哀嚎,夹杂着惊恐和愤怒。

"我想我们最好去看看有什么可以做的,"弗雷泽说,"但不能从那条路下去,而且我们肯定不能骑车了,否则整个山坡都会塌下来,把我们也埋了。我们可以沿着这条山脊往下走,尽量贴着坚硬的岩石,当我们与幼崽处于同一水平线时,也许能走过去。"

亚马逊觉得这是个好计划,但也可能是个注定无法实现的计划。透过模糊的双眼,她又瞥见了一个长着黄色毛发的家伙,虽然不是灵熊那种完美的淡蜜色,但也是一种很可爱的颜色。有那么一瞬间,她以为母灵熊从碎石堆中又爬出来了。但那里太远了,正好处在林木线边缘,她什么都看不清楚。

黄色的毛发,难道还有一只灵熊?也许是这两只灵熊的朋友?它会收养灵熊幼崽吗?

弗雷泽现在也看到了它。

"天啊!"他感叹道,言语中充满了恐惧和悲伤。

现在亚马逊也看到了。那不是熊,没有哪只熊能像它这样轻盈地移动,没有哪只熊全身长满腱子肉,更没有哪只熊只专注于一件事——杀戮。

"美洲狮!"亚马逊惊叹道,尽管她以前从未见过活的美洲狮。

这种动物的优雅和健壮使她想起了最近在俄罗斯看到的一种大型猫科动物——远东豹。这只美洲狮似乎比她见过的远东豹更大，也许它没有远东豹那么重，但更高，身子也更长。

这时，灵熊幼崽仍然在石头上可怜地叫着，美洲狮的目光已经锁定它。

16
下山

"对,就这样。"亚马逊的眼泪突然干了,神色坚定地说,"我要去救幼崽。"她把头盔从头顶拉到眼前,扶起自行车,脚踩在踏板上。

"亚马逊,你疯了吧!"弗雷泽试图拦住她,"你不知道美洲狮有多危险吗?它杀人易如反掌,而且山体还有可能再次滑坡。我不能让你这么做,亚马逊。我爸爸不会原谅我的,万一……"

"你阻止不了我,弗雷泽。"亚马逊甩开他的手,"我加入追踪组织的目的是为了拯救动物,但我却'杀'了一只。我不会袖手旁观看着另一只死去。如果灵熊母亲还活着,那只老美洲狮就不敢打幼崽的主意。如果不尝试一下,我就永远不会原谅自己!"

接着,她没有再给弗雷泽辩解的机会,独自推着车走下这可怕的山坡。

弗雷泽诧异地看着她离去。

这是一场噩梦,却也是一次挑战自己的机会。他发出一声压抑已久的呼喊,跟上了堂妹的步伐。

如果说弗雷泽很享受这种疯狂的下山之旅,那么亚马逊肯定不喜欢。长时间骑行穿越森林,或者是跳过吓人的峡谷,需要的是勇气,而不是骑车技巧。但这次不同,亚马逊必须绷紧每根神经,防止自己掉下来——她知道摔跤很可能摔断她的脖子或引发另一场山体滑坡，让她和幼崽、美洲狮以及这片区域可能存在的其他动物一起完蛋。

所以她必须使用所有技巧防止车轮打滑，必须用尽所有力气让疯狂晃动的车把保持平衡，必须花光所有脑力在斜坡上选出最佳路线，必须集中所有注意力来压制住内心深处的恐慌。

她的目光不断地瞄着三个地方：灵熊幼崽、美洲狮和面前的山路。

她骑着车有两次差点儿摔倒，幸好双脚撑住了地面保持住了平衡，代价是多磨掉几毫米的鞋底。

亚马逊隐约可以察觉到弗雷泽就在身后。不可思议的第六感让她猜得到他的行踪，但主要原因还是他不断发出疯狂的呼喊。

她离那块大石头越来越近，灵熊幼崽就站在石头上，而美洲狮则在另一个方向接近它。此时亚马逊突然意识到了计划的漏洞。好吧，与其说是个漏洞，不如说是个疏忽。她没有考虑到当她到达巨石后该怎么做。

灵熊幼崽会温顺地束手就擒吗？自己该如何面对美洲狮呢？还有，如果她真的成功攀上巨石，从美洲狮手中救出灵熊幼崽，爬回自行车，那她该如何骑车下山呢？灵熊幼崽虽然是个小宝宝，但可能会和一袋土豆一样重。

亚马逊就要到岩石上了。作为一名山地自行车车手，她已经有了足够的信心，可以在它前面完美地滑停。她回头瞥了一眼堂兄，希望这一次他能好好儿想一想。

她看到他确实在思考。

但不是她期待的那种冷静、理性的思考。

17
营救灵熊幼崽

事实上,弗雷泽在下山的过程中,一直在认真思考拯救计划。他没能想出一个巧妙的计划,这让他有点儿失望,但他并不慌张。因为一直以来,他的潜意识会知道接下来必须要做什么。

在距岩石十米的地方,也就是亚马逊开始踩刹车的时候,弗雷泽表演了一个在自己破旧小轮车上做过上百次,但从未在山地车上做过的把戏。他把全身的重量都压在双手上,用杠杆向后抬,把脚踩在横梁上。他仍然握着车把,这很棘手——不,在山上是不可能的。但他不需要这样待太久,因为时机到了。

弗雷泽全力跳起,确保施加足够的侧向压力,让自行车绕过了岩石。之后,他便朝着那块岩石飞去。

他落在岩石上,然后向前滚了一周。就在他从山地自行车跳上岩石的同时,美洲狮也向灵熊幼崽扑去。

那只美洲狮一心扑在自己的猎物上,还被巨石挡住一部分视线,没注意到附近有两个人。因此,它有点儿惊讶地发现,自己不仅和无助的幼崽一起同在岩石上,还和奇怪的飞行人在一起。

美洲狮的停顿是弗雷泽唯一的优势——他知道他只有一秒钟的时间。他不敢停下,而是继续向前翻滚。他弯下腰,抱起那只金色幼崽,径直从岩石上跳了下来。正如他所希望的那样,他的山地自行车几乎就停在了他脚落地的位置。

"亚马逊，想活命现在就过来!"他大叫道。

亚马逊立即跑到他身边。他把正在挣扎和抗议的灵熊幼崽塞到她手里，亚马逊大吃一惊。

"快把它塞到我背包里!"

"塞不进去!"她回过头来喊道。

"把包清空。"

他们听到美洲狮在身后怒吼。它刚才被吓了一跳，一时间没有反应过来。这会儿它已经在巨石上的制高点虎视眈眈。

是人类。

它通常会惧怕和回避人类。第一次遇到人类时，它很好奇，想看看人类是否能吃。但它听到了一种如同冰块碎裂般的声音，随之而来的是一阵剧痛，好像被狼獾的强有力的大嘴咬了一般。从那时起，它就只剩下一只耳朵。

而此刻这里有两个人，还没成年。这个小崽子，原本是它的灵熊，它的食物，它的战利品。

却被偷走了。

那么，他们必须为此付出代价。

18
美洲狮的追逐

最终，亚马逊成功地将这只扭动着身子、嘤嘤叫的灵熊幼崽塞进了弗雷泽的背包。被塞得满满当当的背包竟然让这只小家伙安静了下来，就像婴儿被裹上了襁褓一样。它在背包里一动不动，只把鼻子靠在弗雷泽的肩上。要不是弗雷泽知道，此刻有一种比湿润的鼻子更尖利、更致命的东西随时可能咬住自己的脖子，他或许会感到身心愉悦。

亚马逊回头看着咆哮的美洲狮，严格说，是第一次直面它。她对动物有足够的了解，非常清楚这样一个事实：说任何动物——即使像美洲狮这样狡猾而强大的捕食者——是邪恶的是没有道理的。进化使所有动物都能高效地获取营养、躲避捕食者、传递基因。动物不具备恶意、残忍、复仇的能力。这些都是人类的缺点。

作为一名自然探索者，她也只是个十三岁的女孩，眼前的一切让她害怕。那张咆哮的大嘴似乎暴露了对杀戮的无限渴望。这个轻盈的躯体有着武士刀似的优雅，是用来应对死亡的。

"弗雷泽，我们必须——"

"跑！"他大喊一声，四个轮子在松散的碎石上打转。说时迟那时快，美洲狮堵在了他们前进的小路上。此时，车轮转动，小石子飞溅，美洲狮瞬间什么都看不到。他们抓住这救命的几秒，领先了几米。但随后美洲狮再次向前追赶，每一次跳跃，它的长腿都可以迈出三米，它仿佛要踏平自己和疯狂行驶的自行车之间的路面。

亚马逊和弗雷泽可以听到身后美洲狮的爪子的踏地声，甚至能感受到美洲狮的力量。只有那只灵熊幼崽似乎对危险视而不见，它已经累了一整天，背包里带来的安全感让它昏昏欲睡。

眼下，亚马逊和弗雷泽有个优势：他们正在下坡。大多数动物宁愿在平地，甚至在上坡路奔跑，也不愿跑下坡路。山地自行车则比人类设计的其他任何交通工具都更适合下坡。

亚马逊和弗雷泽本能地紧挨在一起，在无言的默契中横冲直撞。但不管他们骑得多快，也不管在下坡时遇见了多难的障碍，美洲狮都没有放弃追赶他们。在亚马逊和弗雷泽的正前方，是一块巨大的岩石。弗雷泽在左边，所以自然而然地朝左骑。亚马逊则朝他的反方向——右边——骑。

美洲狮对这种行进路线有些感到疑惑，顿时不知道该选哪条路。混乱中，美洲狮前脚一滑，虽然抓住了地面，但半个身子还是翻倒在岩石上。它喘得厉害，但伤得不重。此刻它比以前更加愤怒。

亚马逊和弗雷泽在巨石的远处再次相遇。他们不知道身后到底发生了什么，但觉得已经赢得了一些时间。

他们现在离树林只有五十米，但那些树并不代表安全。他们在空旷的山坡上骑车下山还能勉强支撑，可在森林里，他们几乎无法骑行，而美洲狮则进入了自己的领地。

接着，弗雷泽看到了他一直想找的：那条他们从山脉悬崖边绕过的不好走的小路。虽然走这条路会让他们远离返营路线,但他觉得当务之急是保住性命,而不是从原路返回。

他指着密林中的一道缺口处喊道:"往那条小路走。"

就在走进森林的黑暗世界前,亚马逊回头看了一眼。不远处,在一条灰色条纹的石板上闪过一抹暗金色,是美洲狮正在追赶他们。

19
进入树林

这条小路与他们到达洪堡山所走的路相似——虽然路面磨损严重，但都很平坦，仅有一些小起伏。也就是说，这是一条完美的越野自行车道，如果没有北美最危险的捕食者跟在后面的话。

他们现在以一前一后的方式前进。弗雷泽让亚马逊走在前面："你在我前面，这样我就知道我没有把你落下。"

换作别的时候，亚马逊一定会停下来争辩一番，但她告诉自己，过后再找弗雷泽算账，因为她知道这次他说得很有道理。这也意味着，弗雷泽才是最有危险的人。亚马逊生怕把弗雷泽置于危险之中，蹬车的速度比在面对任何危险时都要快。不仅仅是为了弗雷泽，还为了携带的珍贵宝贝——丧母的灵熊幼崽。

于是他们在森林里飞驰。亚马逊在做跳跃时没做任何思考。在第三次跳跃的时候，她已经能够鼓足勇气使用技巧骑行。弗雷泽的鼓励逐渐变成了赞叹。

她回头看了几次。弗雷泽以为她在确认他的情况，其实她是在沿着小路寻找捕食者，虽然什么也没看到。

但随后出现了一个小小的变化，每一次爬坡时长都似乎比随后的下坡要长一点，平坦的小路也没那么平坦了，时而开始出现上坡。他们爬得有些缓慢，也不易被察觉。如果是步行，这种地形的变化几乎不会被注意到，但骑车就不太一样了，下坡时也许还能稍作休息，而此时，每前进一米都必须做出努力。

汗滴从亚马逊的脸上流淌下来，刺痛了她的双眼。她用袖子擦了擦，却撞到了一棵树，差点儿摔倒。

"小心！"弗雷泽从后面喊道。

她太累了，没力气做出任何回应。

最糟糕的是，她不知道这种情况还要持续多久。大多数大型猫科动物和犬科不同，它们没有足够的耐力进行长途追逐。狮子或豹子在第一次进攻挫败后，早就放弃了，但亚马逊对美洲狮了解不多，不清楚它是否也一样。

就在亚马逊快要走到极限的时候，她注意到小路右边的地面塌陷了。再往回一瞧，底下是一条涌动的白色水带。这是他们之前跳过去的那条河吗？还是同一条山路上涌出的另一条河？她不知道，也不太关心，但是这声音和场景——甚至是水的味道提醒她——她渴极了。她这辈子从没这么渴过，就连不久前和弗雷泽被困在偏远沙漠时也没有。她不能再继续下去了。

她必须要喝水。

在下一个坡顶上，她停了下来，伸手去拿水瓶，瓶里只剩下一口水了。她揭开瓶盖，嘴对准瓶口，一口气喝完了水瓶里的水。水是如此美味、清凉，就是太少了。弗雷泽把车停在她旁边。

"我们不能停下……"

"我知道不能，可是再不喝水我就要渴死了！"

"好吧，我知道了。"弗雷泽安慰说，"不管怎样，我们可能已经甩掉了那家伙。我觉得它肯定没有遇到过像我们这样厉害的山地自行车手。我——"

就在这时，没有任何预兆，美洲狮在空中跃起。这头野兽的全部力量都集中在这一跃上，干脆利落，没有做任何像咆哮之类多余的动作。

20
头盔

弗雷泽和亚马逊骑着车,靠得很近。美洲狮目标只有一个:要灭掉这两个人中更小、更弱的那个。

像其他猫科动物一样,美洲狮主要有两种狩猎技巧:让猎物窒息的扼喉法和咬断猎物脊柱的咬合法。前者会被用来杀死较大型猎物,比如白尾鹿、麋鹿甚至是落单的驼鹿。对于美洲狮而言,杀死这类动物可能需要很长时间,而且可能很危险,因为一头在挣扎的麋鹿可以轻而易举地用鹿角杀死美洲狮。而后者则被用来对付较小的猎物。美洲狮认为亚马逊这个猎物小到可以一口吞掉。

亚马逊甚至没有看到美洲狮跳起来。它沿着小路追踪他们,无声无息,无影无踪。

她没有看到它,但她确实感觉到了它突如其来、像一道阴影般的袭击。于是她低下身子——不是下意识的躲闪,而是一种迅速的躲闪。

这个动作不足以让美洲狮错失猎物,但它确实错失了精准瞄准的位置。它没有咬在亚马逊的颈背上,它的下巴如铁般坚硬,五厘米长的犬齿咬到了亚马逊的头上。

它咬到了坚硬、光滑、没有毛发的头盔。

头盔很快就掉了下来。

要是亚马逊没有解开她头盔上的绑带,美洲狮就会让她连人

带车摔下来。这只美洲狮用牙齿和爪子紧紧抓住头盔,从她身上跃过,冲下山坡,翻滚着,一直滚到了下面湍急的水域。

弗雷泽和亚马逊没法儿等着看它的下场。在新一轮恐怖的刺激下,他们骑车向前猛冲,巴不得自行车上装了火箭发动机,骑得更快。终于,他们到达了绵延不绝、海拔不高的山顶,然后从山坡另一边的长斜坡上疾驰而下。他们越来越确信,这一次,他们真的已经把危险抛在了身后。

21
决定

亚马逊和弗雷泽从自行车上爬下来,坐在一棵倒下的松树树干上,灵熊幼崽在背包里安稳地睡着。亚马逊小心翼翼地把它从背包里抱出来,搂在腿上。它看起来更像一个玩具,而不是一只有血有肉的动物。

他们周围的森林一片漆黑,无声无息。天气越来越凉,骑行时留在后背的汗水让他们感觉很冷。森林里的蜘蛛网像车辐辘一样大,在微弱的光线下闪着光,随风摇曳。昆虫在周围嗡嗡作响,要是在夏季,蚊子、黑蝇或其他咬人的虫子会使加拿大森林变成地狱,但好在这个季节它们已经不常出现了。

"你还好吗?"弗雷泽问道,有些担忧地看着堂妹。亚马逊的脸因为用力骑车而微微泛红,但脸色依旧苍白。她的身体颤抖着,眼睛里充满了泪水,却不愿意让它掉下来。

弗雷泽以为她还在想她与美洲狮交锋的事儿。

他挤出一丝笑容,说:"刚刚真是死里逃生啊。如果你没有解开头盔带……好吧,也许我们可以把美洲狮打跑,但也不容易。我读过一篇关于美洲狮袭击家庭的报道——"

"我不关心美洲狮,"亚马逊悲痛地说道,"我刚刚杀了一只灵熊母亲,让这个小家伙变成了孤儿。"终于,亚马逊的眼泪开始流下来。"我们能为它做什么呢?"她开始啜泣。

弗雷泽和亚马逊朝夕相处的时间不长，可他从没见她哭过。

事实上，如果有人问他，他会说，没什么能让亚马逊流泪。好吧，也许他应该知道没什么能让亚马逊为自己哭泣。她也不会为自己的不幸而流泪，但是会为照顾的动物而哭泣，为她或者说是他们，给动物带来的伤害——尽管是意外的伤害而哭泣。

弗雷泽伸出手搂着她。

"亚马逊，你在为地球上资源最丰富的动物福利组织工作。我们与世界上所有相关的动物园和野生动物园都有联系。新英格兰的农场里有足够的空间容纳一只灵熊，所以不用担心这位金发姑娘。我们会给它找一个合适的家。"

亚马逊忍不住破涕而笑。

"金发姑娘？"

"嗯，是的，我知道从严格意义上讲金发姑娘并不是一只灵熊，但是这只灵熊幼崽确实也有一身漂亮的金色皮毛。"

亚马逊的笑容越来越明朗，可随后又消失了。

"你提到的都是动物园……难道我们没有办法把金发姑娘交给其他灵熊母亲，让它在野外长大吗？"

弗雷泽摇了摇头。

"我觉得不行。除了亲生母亲，任何一头成年灵熊都有可能杀死它。我们能做的最好安排是给它一个安全的家，也许让它参加一个圈养繁殖计划会好些。你也听我爸爸说过，这些灵熊是多么稀有。"

亚马逊听着，脑袋耷拉下来，但很快，身体又坐直了。

"好吧。我不能让它的母亲起死回生，但我们可以把这只灵熊幼崽送回安全的地方。所以，哪条是通往营地的路？"

弗雷泽的脸上掠过一丝阴影。"啊，可能有个小麻烦。"

"你别告诉我，在你的背包里……我清空的东西包括……"

"完全正确。当时我顾不上考虑那么多。地图和指南针的确都在里面。"

"不过我们还有这个。"亚马逊举起GPS手表。

"是的，我们的手表可以定位，可要是没地图，表就没什么用。但你说对了，它还有一个指南针功能。我想我大概知道我们需要朝什么方向走。目前的麻烦是……"

"是什么？"

"现在已经很晚了。我们花了三个小时才骑到山上，接着我们又走了很远的路。虽然不知道有多远，但我们以最快的速度骑了至少一个小时。穿过这些森林的小路路况非常好，只要你是在白天穿行，就可以看清哪里有路。"

可怕的现实问题让亚马逊恍然大悟。

"你是说现在回去已经太晚了？"

"恐怕是这样。我们最好能找到一个营地，生起火来，一觉睡到天亮。"

亚马逊想到美洲狮，想到灵熊幼崽。当一声嚎叫在广阔的森林中回荡时，她又想到了狼群。

22
金发姑娘醒来

亚马逊一直喜欢狼,但那一声嚎叫,尽管听起来很遥远,可加上此前哈尔讲述的他和他父亲多年前遭遇的悲惨故事,让她身上的汗毛都竖了起来。

就在她打算将她恐惧的感受说给弗雷泽时,金发姑娘醒了。它似乎意识到了自己的处境,开始疯狂地在弗雷泽狭小的背包里挣扎,发出了哀嚎、吼叫、尖叫等各种声音。

奇怪的是,亚马逊想听到的就是这些。她对动物有一种无比神奇的能力,一种天然的共情能力,也就是说狗和猫会不由自主地来到她身边,鸟儿会安静地躺在她的手中。她会给断腿或断翅的动物装上夹板,就算有她在身边,狐狸和獾也敢和幼崽快乐玩耍。

她现在就要使用这种特殊能力了。她对这个金发姑娘说了一些柔和舒缓的话,让它吮吸她的手,刚开始它咬得很紧,慢慢地它开始满足地吮吸着。

"我猜它饿了。"弗雷泽说,他对亚马逊安抚灵熊幼崽的方式赞叹不已。

"是啊!"亚马逊回答说,"你在想念妈妈的奶水,对吗,小姑娘?"

一想到这儿,亚马逊又默默流下一串眼泪。

"给它喂一些零食,"弗雷泽建议,"它已经长大了,可以吃固体食物,也可以喝牛奶了。"

亚马逊把干果和坚果倒在手上,递给这个小家伙。金发姑娘嗅了嗅,开始狼吞虎咽起来,一连吃了三大把。

弗雷泽说:"好吧,我觉得我们今晚可以吃些虫子和树皮。但我们应该在天黑前找一个更好的地方扎营。"

金发姑娘此刻平静而满足,重新被塞回弗雷泽的背包里。这回,亚马逊主动承担起背金发姑娘的任务。他们又骑上了山地自行车。

"我们需要找什么样的地方扎营?"亚马逊问道。她露营经历不多,得依靠弗雷泽的专业知识。

"水,那是主要需求。当然我们也需要住所,我可以用树枝搭建一个,这很简单。我从南海带来的朋友可以帮我。"

"什么朋友,是一个椰子吗?"

"哈哈。"

弗雷泽把手伸进背包的侧袋,掏出一把长长的直刃弯刀。弯刀在微弱的月光下闪闪发光。当弗雷泽掏出弯刀时,他又像往常一样,不由自主地发出奇奇怪怪的声音,仿佛他就是电影中的骑士或武士。亚马逊又开始嘲笑他。

不过,她觉得弯刀那锋利的刀刃让她很有安全感。

"怎样才能找到水?我可不想回去和那只美洲狮分享水源。"

"亚马逊,我们是在加拿大,不是在沙漠。如果我们继续前进,水源不在话下。"

果然,又骑行了十五分钟,他们来到了一条小溪边,溪流穿过他们经过的小路。

"这能行吗?"亚马逊问道,"我是说现在已经很晚了……"

她问得有道理,天已经黑了,而且气温越来越低。

弗雷泽看了看周围密密麻麻如一道墙般的树木和到处疯长的灌木丛。

"嗯,这里有水,可是没有地方扎营。让我们看看是否可以沿着溪流走。在加拿大,水随处可见。"

"你是说离开小路,这样做明智吗?"亚马逊问道,"如果我们迷路了怎么办?至少在这里我们大致知道如何返回原路。"

"嘿,放松点儿,如果这样做行不通,我们可以沿着溪流往回走。"

他们不得不下车,推着山地自行车走。路程很艰难,他们经常被头顶的树枝和成片的石楠树或荆棘拦住去路。但很快,小溪就与从高处流下的另一条溪流汇合。

"这里行吗?"亚马逊满怀希望地问道。她感觉背上的灵熊幼崽越来越重,她急于想放下这份重担。

弗雷泽环顾四周,摇了摇头。继续前进,他把山地自行车当作开路先锋,强行穿过灌木丛。

经过二十分钟的努力,他们看到森林在面前开阔起来。

弗雷泽说道:"这就是我想要的地方。"

23
海狸湖

前面是个湖——湖的宽度大概是扔出一块石头的距离，长度是宽度的三四倍。湖周围的树木都被砍掉了，只留下干净、平坦的湖岸。

弗雷泽点了点头。这是个完美的扎营地点。

"你看到远处的湖堤了吗？"他指着湖的另一边，问道。

亚马逊看了看，是一个由树枝和泥土组成的不规整的湖坝。

虽然她以前从未见过这样的堤坝，但她知道这是什么。

"海狸湖！"

"是的，就是它们在我们沿途的溪流中筑起了水坝，形成了这个湖。你看那边的土堆——"弗雷泽指着离水坝大约五米的地方凸起的一摊泥土，"那是海狸居住的小屋，入口在水底，所以它们完全不受捕食者的影响。它们真是非常聪明的动物。湖水为树苗的生长创造了完美的环境，树苗则是它们的食物。"

"它们吃树吗？"

"它们不吃整棵树，只吃树皮里面的那一层。话说回来，除了人类之外，没有其他哺乳动物会像这样创造生存环境。它们是动物界伟大的工程师。"

"说到创造生存环境，"亚马逊说，"我们何不做点儿什么来改善我们自己的环境呢？天越来越冷，我和金发姑娘都觉得要是有火就好了。"

弗雷泽说："我正准备生火。你和金发姑娘在这里等着,我去找木材和火种。"

这回从包里拿出弯刀的时候,弗雷泽努力不让自己发出奇怪的声音。

弗雷泽消失在树丛中,留下亚马逊和金发姑娘。灵熊幼崽醒了过来,环顾四周,看到了亚马逊,接着发出满足的咕哝声,又继续睡下了。

"做一只灵熊幼崽很辛苦吧。"亚马逊笑着说。她比以往任何时候都更坚定,要把灵熊幼崽带到安全的地方。

独自坐在湖边,这让亚马逊有点儿不安。她不由自主地想象,一双黄色的眼睛正在树上窥视着她。一只鸟发出警报声,笨拙地从她头顶飞过。这声音把她吓了一跳。而后,她意识到那不过是只鸽子,于是松了一口气。但紧接着她意识到,一定是什么东西惊动了这只鸽子,于是又不安起来。

"弗雷泽,是你吗?"她在黑暗中叫道。

没有人回答。

就在这时,树林里又飘起狼的悠长的、萦绕不去的叫声。这是亚马逊第二次听到了。如果说有什么不同的话,那就是狼的嚎叫声比亚马逊在小路上听到的时候离得更远了。可那时她和弗雷泽在一起,现在是孤单一人。

"弗雷泽……"她又喊起来。天色已经很黑了,树木可以融合进夜色:它们不再是单独的树干和树枝,而是神秘的集体——"森林"。

小时候，爸爸妈妈告诉她，童话故事是虚构的。世上没有食人魔、女巫，出现在童话中最早的也是最致命的动物——狼，几乎不会对人类构成威胁。但现在，在这片真实的森林里，这些知识似乎帮不了她。不知何故，狼在这里的事实意味着其他童话中的邪恶人物也可能会出现。所以，即使狼不吃她，食人魔或女巫也会吃了她。

这一连串的想法又把亚马逊带回到父母身边，她多渴望他们能在这里保护她啊！

她一直聚精会神地注视着森林。突然，她有一种非常强烈的感觉，她觉得自己被人监视了。然而，她觉得监视者不在外面，也不在树林里。

她身上的汗毛都竖起来了。她听到了。

一个几乎是无声的、无限隐秘的声音。

来自她身后。

来自水里。

亚马逊转过身,以为会看见美洲狮从浅滩上跳出来。她打算让自己看起来更强壮一些,所以她踮起脚、伸出手臂——这是她读过的一个技巧。她准备大叫,甚至可能向野兽跑去——做一些事情让美洲狮知道,她不是任何捕食者眼中唾手可得的猎物。

她看到了它,确切地说是它们。水中露出来两个长长的棕色鼻子和四只炯炯有神的棕色眼睛,在即将消失的夜色中盯着自己。

24
家园

"你知道，比起熊，有些户外运动者更害怕海狸。"

这下，亚马逊发出了尖叫，她一直专注于湖里的东西，根本没有听到堂兄回来。

这声尖叫让那两个小脑袋迅速沉入了平静的水面下。果然是海狸。它们创造了这个湖，便坚信自己是湖的主人，所以想在这里露营的人应该征得它们的同意才对。

"弗雷泽！"亚马逊喊道，"不要偷偷摸摸地突然出现！这样会吓到金发姑娘的。"

那只灵熊幼崽还在安稳地睡着。

"这样啊，那我明白了。"弗雷泽说，他的手臂上摆满了松树枝。他往地上扔了四根粗木头，每根都有一条腿那么粗。

"现在，我们有两项任务——生火和建庇护所。首先是生火。趁着现在天还没黑，我们得抓紧时间，这样才能看清自己在做什么。"

亚马逊仔细观察着弗雷泽生火的过程。她以前也见过他生火，现在看来，仍然很吸引人。神圣的生火过程让弗雷泽的形象变得高大起来——从一个孩子变成了一个男人，也许只是从一个傻乎乎的孩子变成了一个稍微严肃的人。

他把四根长松木摆成一个十字形状，木头的交叉部分留出一个小缺口。

这对亚马逊来说很新鲜,在开口提问之前,她先要看看弗雷泽怎么做:弗雷泽把较小的树枝和稍微结实的木头堆在大木头之间的缝隙里,然后用弯刀把松树枝上的树皮剥掉。接下来,他开始处理这些剥了皮的松树枝,在保持松树枝不被削断的基础上,把它们修剪成羽毛的形状。

下一个步骤亚马逊以前就见过:弗雷泽从口袋里拿出一些银桦树的树皮条,用弯刀刮开树皮,刮成一团蓬松的白色卷曲的刨花块。他把这些东西摆放在银桦树皮和小树枝上面。

"现在可有意思了,你想试试吗?"

弗雷泽伸出一根铅笔一样形状的钝金属棒——他把生火棒和弯刀递给了亚马逊。她在俄罗斯看过他使用生火棒,但她自己从来没有尝试过。她从弗雷泽手中接过这些工具。

"记住要用刀的背面,别用刀刃面。"他说,"别割到手了。不然我可能会用鱼骨针和柳树皮制成的线把你的手缝回去,但我缝的针脚向来不太整齐,还有可能会缝错方向,以后你的手就再也不能用来挖鼻孔或抓屁股了。"

亚马逊不屑地皱了皱鼻子。她集中注意力,用刀背刮擦生火棒。一连串的火花溅到了银桦木树皮上,树皮发出噼里啪啦的响声,富含油脂的树皮被点燃了。接着,弗雷泽用小火点燃羽毛状的松树枝。松树枝燃烧得很充分,散发出浓烈的橘皮香味,这时候就可以把较大的树皮和树枝堆放在十字火堆中心的缺口里了。外围的松木也很容易就能着起来。兄妹俩配合着,把火生起来了。

"干得好,亚马逊,"弗雷泽钦佩地说道,火势很旺,"我花了大约一年时间才学会这个。接下来是最后的绝招儿。你看到那四根树枝了吗？"他指着排列成十字架的木头说，"我们要做的就是把它们推向火的中心，让火一直烧着，这样就不需要到森林里去找更多的木材。而我们一晚上都有火了。"

"是的，你很聪明，"亚马逊说，"但我们不必一直醒着给火堆添火吧？"

"呃，好吧，严格地说，我想你的理解是对的，但是……行吧，你可以不离开你的睡袋。"

"嗯，"亚马逊若有所思地问，"你是说我们被丢掉的睡袋？"

"啊，对啊，"弗雷泽继续说，好像这一切都在他的完美计划中，"我要根据现在的情况搭建庇护所。我们需要一些东西来遮挡雨雪，同时保持身体干燥，远离寒冷潮湿的地面。再加上火，你就不会再想念睡袋了。"

接下来的十分钟，他砍了两根和他的手臂一样长的粗壮的树枝。每根树枝的顶端都有一个Y形的分岔。他用弯刀在地上钻了几个洞，又捡了湖边的一块石头当锤子，把树枝敲进洞里当木桩，接着，将两根木棍斜插到木桩的Y形分岔上，再用刀子割下长长的柳树皮条，用柳树皮条将木棍和树枝绑在一起。

这一下让亚马逊笑了起来——她非常清楚地知道弗雷泽的口袋里总是装着绳子，就像其他人常年带着手帕或钱一样。此时，他只是要证明不用绳子也能搭建庇护所。

接下来，他在木桩上铺了一层厚厚的云杉树枝。这些桩子形成了一个倾斜的庇护所，一侧是开放的。

"你真是个抄袭者，"亚马逊说，"你完全偷了马卡和德尔苏的创意。"

马卡和德尔苏是俄罗斯远东地区乌德盖部落的成员,他们曾帮助追踪组织完成了拯救濒临灭绝的远东豹的任务。

"亚马逊,"弗雷泽的脸色严肃到了极点,"在我们这些探险家和荒野求生者中,没有'我的'或'你的',只有'我们的'。你不能用'偷'这样的字眼。你所能做的就是分享,还不只是分享。我告诉我爸爸关于乌德盖人所做庇护所时,他说这个庇护所不错,如果再加点儿东西就更完美了。"

弗雷泽接着干活儿了。他用弯刀修剪了更多松树枝条,其中两根与庇护所的直立的树枝长度差不多,剩下两根的宽度也差不多。这一次,他用松树的细根把它们绑在一起,这些细根是用他那把多功能弯刀从地上刨出来的。这些枝条被拼成了一个方框,大小和一张床差不多。弗雷泽用绳子将更多的枝条穿过方框。最后,他把新鲜的绿色云杉树枝横在上面,把它们堆得很厚。

整个过程亚马逊一直在帮忙,当他把枝条捆绑在一起时,她就在旁边举着枝条,或者收集云杉树枝。她竭尽全力让他感到自己是搭建庇护所的一分子。但现在,她站在后面说:"好了,弗雷泽,我把房子交给你了。你看你建造的小房子很不错。"

弗雷泽猜想,睡上去的时候会有一点儿扎人。确实如此。

"要是一个人住,这就是个相当棒的地方。我们俩是不是都要挤在这儿?"

"这是唯一能让我们温暖的方法。"弗雷泽回答说,他看起来和亚马逊一样对现状不满意,"我们可以把金发姑娘放在中间,充当一个活的取暖器。但是说真的,即使有火,今晚也会很冷,非常冷,所以不要太抱希望。现在让我们来看看晚餐。"

他们清空了背包,看看还剩下什么。包里只有少量水果混合包、四根蛋白棒、两条巧克力棒和一罐汤。

弗雷泽努力装出一副勇敢的样子。"我们有火,有庇护所,有食物——就算有点儿吧,还有水。这是三个快乐露营者的菜单。"

亚马逊的背包里有一个锡杯。她往杯子里装满了湖水。尽管天气寒冷,但她渴得要命,想把水一口气喝掉。弗雷泽提醒她,不要直接喝湖里的水。

她将信将疑地说:"这里的水肯定没有污染。我们是在无人地带啊。"

"小心海狸热。"他乌鸦嘴道。

"那是什么?"

"一种直接饮用湖水引发的寄生虫病,因为海狸的尿液里可能携带着一种叫蓝氏贾第虫的寄生虫……"

"恶心!"

"虽然得病的概率很小,但我们最好还是把水烧开了。"

弗雷泽用三根树枝架起了一个三脚架,把杯子悬在火堆上,这时绳子就派上了用场。他们用烧开的水做汤,然后又烧了一些水,装满了水瓶。

熊熊燃烧的火苗,加上吃了一些食物,亚马逊和弗雷泽的心情都轻松了几分。他们再也没听到狼的叫声。

这时,金发姑娘已经从睡梦中醒来。它吃掉了他们放在它面前的所有食物,这加深了它和两人之间的感情,确切地说是与亚马逊的感情。

"看起来它现在把你当妈妈了。"弗雷泽说。灵熊幼崽正依偎在亚马逊的腿上。"咱们明天骑车离开这儿,下午之前就能回到营地。回去后肯定会遭到爸爸严厉的斥责,不过看到咱俩救的灵熊,他就会原谅咱们所做的一切。"

接着,仿佛是为了证明弗雷泽的话只是豪言壮语,他们听到了狼的嚎叫声。而这一次声音更近了。不一会儿,其他动物的嚎叫声也加入了进来。它们的声音在夜空中回荡,像是女妖的哀嚎。

25
男孩

亚马逊腿上的灵熊幼崽竖起耳朵,想往亚马逊怀里钻,仿佛要把自己完全藏进她的身体里。

弗雷泽站了起来,走近林木线。

"你在干什么?"亚马逊小声说道,"快来火堆这儿。"

"它们离林木线远着呢,"弗雷泽回答,"而且我们还需要很多木材。"

他再次走进森林,亚马逊听到唰唰的伐木声。

他回来时说:"情况不算太糟,但我觉得咱们还需要更多的树枝来生火。"

看到弗雷泽认真对待狼,亚马逊感到如释重负,但同时也感到震惊。她曾暗暗希望他会对狼的威胁不屑一顾,这样让她觉得狼来了只是她一个人的假想。

显然,他很认真对待这件事。面临新危险,他的冷静和果断是一种安慰,某种程度上算是吧。

弗雷泽把大部分木头都扔到了火堆里,只留下一根长棍。在亚马逊的注视下,他用弯刀剥掉树皮,削尖了木棍一端,最后在火中慢慢旋转。

"我来做支矛。"他完全没必要说这话。

"真的吗?"亚马逊开起玩笑,"那我猜错了。我以为是根牙签呢。"

两人都笑了起来，打破了紧张的气氛。但这时，有什么东西引起了他们的注意，他们再次安静下来。

金发姑娘最先听到，它竖起了耳朵：是什么东西在矮树丛中悄悄移动的声音。弗雷泽把砍刀交给亚马逊，把弯刀别进腰带，拿起长矛，站在火堆前。在闪烁的火光中，亚马逊眼里的他看起来很奇怪，仿佛穿越了时空。他站在那里，拿着长矛、别着弯刀，不再是一个现代男孩，而是一个美国土著勇士，一个古希腊人或一个原住民猎人。

接着，除去某种动物笨拙地在森林中移动的声音之外，又出现了第二种声音。这声音让亚马逊无比害怕。那是一种高分贝的声音，挥之不去、令人心碎。在亚马逊听来，它不像任何她见过或知道的动物会发出的声音。她曾被西伯利亚的杀人熊和老虎追踪过，也曾在波利尼西亚被鲨鱼猎杀过，但她没有经历过这种情况，这似乎都不属于大自然的范畴，是一个灵魂、一个幽灵或是一个食尸鬼被折磨的声音。

她看到勇敢而坚定的弗雷泽先是后退了一步，接着又退到火堆后面，拿起一个火把，准备迎接这个一步步逼近、可怜的、嗜血的、偷窃灵魂的东西。

接着，那高亢的声音变得更加清晰，他们看到了它的真面目。

"我要妈妈！"

26
失踪的男孩

"什么？"

弗雷泽和亚马逊困惑地互相看了看，再向声源处望去。不一会儿，一个小身板，与其说是走近，不如说是跟跟跄跄地靠近火堆照亮的地方。

是一个孩子——一个看上去六七岁的小男孩。他棕色的头发又脏又乱，全部打结在一起，脸上掺杂着泥土和眼泪，衣服也破破烂烂，脚上只剩下一只鞋。

他们一眼就认出了这小男孩。

"本？"亚马逊冲向他问道，"你是本·威茨？"

小男孩脸上的表情一时之间过于复杂，显然不是这个年纪的孩子该有的——希望、害怕，还有一些生气或愤怒。这些表情想要表达一种不公平，仿佛他刚刚经历了非常不公平的事情。

"你不是我妈妈！我妈妈在哪儿？"

亚马逊没再多说一个字，一把将本·威茨揽进怀里，紧紧抱住了他。

男孩反抗了几秒，用穿着鞋的那只脚踢亚马逊，小拳头也不停捶着亚马逊。当亚马逊开始安抚他时，他爆发出撕心裂肺的哭泣声。

"我们会把你带到'么么'身边的，"她说道，"你马上就能见到'么么'和爸爸了。"

"你说话真好玩儿。"小男孩说道,"你连妈妈两个字都不会念。"

"听着,小屁孩。"弗雷泽说道,"她来自一个挨着欧洲大陆,总是下雨的岛,那里的人不说美式英语。所以别闹了,小家伙,过来烤烤火。"

他们一起坐在弗雷泽刚搭建的"床"上。本得到了一些果仁和一条巧克力棒。起初他还有些迟疑,接着,便狼吞虎咽起来。

显然,这个孩子受过创伤,即使是在大口吃东西的时候还要抓着亚马逊。亚马逊试图问出他去过哪儿,发生过什么,但是他一条都答不上来。事实上,他好像听不懂亚马逊在说什么。

他们差点儿把金发姑娘给忘了,但灵熊幼崽闻见巧克力味儿就醒了。它在狭小的背包里不停地蠕动身体,呼呼地吐气并发出嘟嘟囔囔的声音,让大家都注意到了它。

本抬头看到了这只在微弱的火苗里泛着白光的灵熊幼崽。他吓坏了,一脸惊恐,想要爬走。

弗雷泽一把抓住本。此刻他意识到,这孩子一定是想到了什么——报道说他所在的营地被一只灵熊袭击。即使看到的只是灵熊幼崽,可怕的记忆也会涌上心头。

"嘿,没事的,小男子汉。这就是我们在照顾的一只灵熊幼崽。它和你一样,只剩自己一个了。"

本似乎镇定下来了,但亚马逊让灵熊幼崽舔包装纸上剩下的巧克力酱时,他依旧死死盯着它。灵熊幼崽的动作太可爱、太滑稽了,男孩的表情逐渐柔和,嘴角甚至浮现一丝微笑。

"你想要抱抱它吗?"亚马逊问,这样或许能治愈他受到的伤害。

本摇摇头正准备说"不用了",下一秒金发姑娘就逃离了背包,直接钻进男孩的怀里。他愣了一秒,随即咯咯笑了。

"哇,我拥有了一只真正的泰迪熊了。"他说道,"我运气太好了。要是告诉我同学,他们肯定觉得我在撒谎,所以你们到时候要替我做证。我可以养它吗?它叫什么名字?为什么它的毛发是淡黄色的?它是真熊吗?它妈妈在哪儿?"

"它是个女生,叫金发姑娘。"弗雷泽说道,"我们暂时照顾它,把它和你都带回安全的地方。"

弗雷泽和亚马逊互相看了看,又看了看追踪组织新加入的两位成员,他们正在"床"上打着滚。亚马逊想知道,她内心这种保护欲和自豪感是不是爸爸妈妈对她的感情——呀,是天下所有父母对孩子的感情。

弗雷泽正要说该坐下来睡一觉了,这时,又一个声音打断了他,一个让灵熊幼崽站立起来,一个让他们都感到一阵寒意的声音。

那是一只狼悠长而缓慢的嚎叫。

27
睡觉时间

"床"上，灵熊幼崽和小男孩在弗雷泽和亚马逊之间动来动去，周围充斥着狼嚎声，火光在他们之间摇曳，似乎火焰可以燃烧掉那幽灵般的声音带来的恐惧感。

但随后，这一声狼嚎又被另一声狼嚎所取代，直到整个森林都回荡着它们的声音，如同大教堂里的风琴声呜呜作响。

弗雷泽对亚马逊低声说道：

"你们留在庇护所。这儿虽说简陋，好歹能有个遮挡。"

"什么？你又要去哪里？"

"别担心。我打算再取一些木头，把火烧旺，这样可以看清周围的情况。我们要让它们离得远远的。"

"但它们不会真的攻击我们，对吗？你爸爸告诉我们关于爷爷的故事……我的意思是，他说过狼群攻击人的情况确实不常见吧？"

"确实不常见，但现在我们有一个年幼的孩子和一只灵熊幼崽。熊和狼是合不来的。熊在有能力的情况下会杀死狼，而狼在遇到没有庇护的熊幼崽时也会杀死并吃掉它们。"

"好吧，"亚马逊咬紧牙关，下定决心，"我们绝对要护着这只熊崽子！"

"我明白，亚马逊，但我们还要照顾本啊！狼群害怕成年的人类，但孩子……好吧，我们肯定在它们的菜单上。"他俯身向前，从火中拔出一根火棍，"幸运的是，我们在这儿已经有了人类最古老的朋友，现在是时候请它帮忙了！"

"至少拿着你没啥用的长矛。"亚马逊话语刻薄，但还是没能掩盖她的关切。她取来长矛，重重的长矛非常结实。拿着它，她感觉更安全了。

但弗雷泽摇了摇头。

"现在先留着它。狼群还在几千米之外。我有别的事情要做！"

亚马逊带着本和金发姑娘退回庇护所。弗雷泽则迅速在营地周围生起了一圈小火。只用了一会儿，他已经拖来了大量的木材。用第一堆火来生火轻而易举，因为第一堆火燃烧得很旺。

弗雷泽看着他的作品，满意地点了点头。

"它们会在天亮前烧完，"他嘟囔着，一半是对亚马逊说的，一半是对自己说的，"但这就足够了。"

他走进庇护所，在亚马逊身边蜷着。本和金发姑娘都很疲惫，已经睡着了。

"你也去歇着吧，"弗雷泽说，"我过几个小时再叫醒你。"

叫醒亚马逊的不是弗雷泽，因为弗雷泽很快就睡着了，他睡在堆着厚厚的松树枝的"床"上，紧挨着亚马逊。虽然火堆已经熄灭成了灰烬，她也冷得发抖，但叫醒她的不是寒冷，而是那低沉而急切的狼嚎。

28
狼群

亚马逊睁开双眼,看到了她害怕的东西。一个黑影正向他们走来,在镰刀形月亮和稀疏星星的微弱光亮下,很难辨别它的轮廓。不过即便亚马逊看不清,也不难猜出那到底是什么了。她扯了扯弗雷泽的袖子。

"怎么了?"她的堂兄睡眼惺忪。

"它们来了,"她小声说,"狼群。"

平日里,弗雷泽最喜欢赖床,叫多少遍都起不来。但现在,他像亚马逊一样,一下子就醒了。

"哪里?"他问,"有多少?"

亚马逊指着黑暗处。"那里。我只看到一只,说不准到底一共有几只。"

弗雷泽站了起来,伸手去拿他放在临时庇护所里的长矛。他知道,像大多数捕食者一样,狼对动物的行为有不同的原始反应:你表现得像猎物,它们就会把你当成猎物。如果你把自己当作是一个凶狠的捕食者,它们就会重新考量你。

是的,在他看来,目前只有一只狼。狼会单独捕猎,但通常不会对付任何体形大于野兔的动物。对付更大的猎物,它们需要出动整个狼群。而弗雷泽已经决定,今晚他要做更大的动物。

于是他冲向黑影,大吼一声,唱着战歌,用自制长矛刺了过去。当他向前冲时,还踢了一下从火堆中伸出来的一根木头。四周顿时溅起一阵火花。他看清了对手,是只瘦弱又饥饿的雄狼,它龇牙咧嘴地咆哮了一声,但随后就从攻击状态中缩了回去,溜进了黑暗中。

"帮我把这个火堆再烧起来,"弗雷泽对亚马逊说,"它很快就会带着狼群里的其他狼回来的。"

弗雷泽表现得很勇敢,但其实他很害怕。他们唯一的希望就是火。他们很快就把火生起来了——把四根木头堆到一起,在上面堆上更多的木头,用松果助燃。火烧得很旺,但燃烧时间不长。他用砍刀又砍下了两根松树枝,每根都有扫帚柄那么粗。

他回头一看,亚马逊一只手抱着本,另一只手抱着灵熊幼崽。

"如果它们再来,我想让你也站出来和我一起抵抗,"他说,"我们得让狼群知道我们并不害怕。"

"但这两个……"亚马逊无奈地摇摇头。

"本,"弗雷泽看着男孩的大眼睛,"我需要你做一项非常重要的工作。你必须替我们照顾好金发姑娘。它只是一只灵熊幼崽,需要有人在我们赶跑蠢狼的时候抱住它。"

"我不害怕狼。"本的表情非常坚定,"如果它们想伤害我的灵熊,我就揍它们。"

"我知道你会的。"弗雷泽说道。尽管身处险情,他还是笑了。

亚马逊来到他身边,看了看表。

"现在是凌晨四点,天什么时候亮?"

"大约五点。我们有一个小时的时间。拿着这个。"他给了她一根松树枝,"如果……它们回来,就点燃它。"

亚马逊点了点头,一句话也没说。她也没必要说什么,他们都知道,他们将为自己而战。

29
狼群的袭击

二十分钟后，正当亚马逊和弗雷泽认为狼群已经去猎杀别的猎物时，它们来了。很难说是什么让他们察觉到狼群的回归，但狼群确实又回来了——他们几乎没有听到、看到甚至闻到狼群的到来。但他们都知道它们就在那里，在树丛里，在火光之外。

亚马逊和弗雷泽一言不发点燃了松树枝。亚马逊点松枝似乎花了更长时间，但最终油性的树汁冒了出来，木头被点燃了。

狼群围得更近了。在闪烁的火堆映衬下，两人看到它们的眼睛在闪闪发光，听到它们的呼吸声炽热而急切。

弗雷泽甚至觉得最初的那只狼正偷偷摸摸地在它们中间溜达。他知道这样想挺幼稚的，但是自己对狼这种动物有一种天然的厌恶感。

亚马逊靠近弗雷泽，她比弗雷泽见过的任何同龄人都更有胆量，他只是比她更经常遇到这种情况罢了。她没有像他那样面对面地接触过那么多猛兽。

当然，除了老虎、豹子、巨熊、杀人乌贼和鲨鱼。

"有我在呢。"亚马逊说。弗雷泽知道她为什么靠得这么近。他笑了笑。

"好主意。我们确实该待在一起。狼群可能会试图把我们分开，一次干掉一个。"

战斗开始了。

一只毛色雪白的大狼,仿佛披着厚厚的冬装——飞奔向前,龇牙咧嘴,发出野蛮的咆哮。

弗雷泽的恐惧仿佛喷泉一样不断喷涌而出,他不得不和恐惧做起斗争:他内心想转身就跑,但实际行动是,他拿着燃烧的树枝向前冲,愤怒地喊出"呀"的吼声。

大狼往后缩了缩,狂嗥着逃走了。另外两只冲了上来。弗雷泽松了口气,因为他发现亚马逊加入了他的行列,和他并肩作战。

他们向这两只狼挥舞着燃烧的火把,但并没有冲上前。他们都知道,他们必须靠近庇护所,与小男孩和灵熊幼崽在一起。狼和他们保持着距离,没有勇气往前冲,但也没有离开。

"当心左边。"亚马逊说。无须她再提醒,弗雷泽已经感觉到有第三只狼试图从他们和庇护所之间进攻。

"小心这边。"他用火把指向右边。另一只狼——也就是他们第一次遇到的瘦狼——也在徘徊。

它们一起往庇护所靠近。左边的灰白色的狼冲了上来,试图接近两个缩在松树枝下的小家伙。它以非常快的速度前进,瞬间就冲到了庇护所——食物唾手可得。但亚马逊立马冲回去,将燃烧的树枝插入了狼的腹部侧面。那只狼痛苦地嚎了一声,一溜烟跑进了灌木丛中,身后留下了毛发烧焦的臭味。

攻击让亚马逊的火把熄了火,但其他狼似乎被同伴的遭遇吓了一跳,纷纷后退。亚马逊和弗雷泽则有了机会回到庇护所。亚马逊向里面看去,本和金发姑娘紧紧地抱在一起,惊恐地睁大了眼睛。

弗雷泽重新点燃了亚马逊的火把。每根树枝都已经烧掉了一半以上。而他们都知道,火是他们赖以生存的东西。

"离天亮还有多长时间?"亚马逊问道。

弗雷泽喃喃自语地回答了一句,好像说的是"还有很久"。

30
白色营救

愤怒。

饥饿。

愤怒。

这些感觉像炭火一样在这只野兽——白熊——巨大的心脏里燃烧。

在这之前,它被狼群的声音驱赶着,以迅雷不及掩耳之势穿过森林。

最终它来到了这儿。

这群狼一共有七只,其中四只去袭击身躺在地的小白熊,其余则分散在大树周围,守护着现场。这里还有别的动物,它们像帮手一样——至少不像是找麻烦的。要是它们想要阻止它呢……算了,它们拦不住的。它要带走那个小家伙。

首要问题是解决狼群。

第一只狼完全不了解情况,正在水边观战。它还没来得及听到或者闻到什么强烈的、奇怪的气味,只是动了动耳朵,一只巨大的爪子顿时挥下来,把它重重地甩到了树上。这只狼瞬间四肢瘫痪,一命呜呼了。

白色巨无霸继续发威。其他防守的狼开始注意到它,纷纷往前冲。两只狼冲到了它跟前,也正是这时候,它们看清了它的真面目，立刻吓得瑟瑟发抖。这时，第三只狼加入进来，壮大的队伍让它们恢复了斗志。狼群也曾遭遇过跟它们个头儿相差无几的大熊，幸而熊口脱险。可像今天这爪牙白如云朵的鬼家伙，它们还是头一回见。

它们飞奔向前，其中一只狼迅速在白色巨无霸腿上重重地咬了一口。白熊试图用爪子反击，但没击中。接着它又被咬了几口。狼群行动迅速，配合出色。

接着，白熊听到前方空地上传来抽泣和怒吼声。是灵熊幼崽。它需要它。可能站在灵熊幼崽旁边的那两个帮手不是真帮忙，说不定和狼群是一伙的。于是它往前一跃，丝毫不顾袭击者的撕咬。

但有一只狼胆大包天，扑向白熊的喉咙。代价惨重。白熊咬了又咬，用它的大嘴咬住了狼的小嘴巴。它咬了咬，嘎吱嘎吱，把那瘫软的尸体弹开了。

现在白熊快要到那片空地了，它能看到快要熄灭的火堆散出的骇人红色光芒。一切都很混乱。在后面的四只狼正在冲散人类和灵熊幼崽，并且跑进树丛里，打算从后方发起攻势。

其中有它们的首领，狼群中的雄性领袖。它不是个头儿最大的，也不是最强壮的（被亚马逊烧焦的那只浅灰色野兽），使它成为领袖的并不是蛮力，而是它的狡诈。它立刻明白了情况。换只狼，会对黎明前出现如此巨大、如此洁白的入侵者感到惊讶，但这只灰狼看到白熊，判断出这次进攻既是威胁也是机会。它想偷它们的食物，这肯定不行。不过灰狼敏感地发现，白熊应该受到过伤害——是心灵上受到了伤害，不是肉体上的，所以它比看上去要脆弱。杀死那么大的一只白熊可以供狼群吃很多天。一旦干掉这个新来的家伙，它们就可以回去捕小个头儿的猎物了……

它咆哮着下达了命令，将勇气和狡诈传递给族群伙伴。

它们包围了白熊，以五对一。它们撕咬着白熊，虽然每一口都显得微不足道，但群起攻击的伤害就不容小觑了。白色巨无霸的反击速度放缓，此时攻击它的狼群能够摇晃着离开。每当白熊试图向目标扑去时，狼群就会攻击它的侧身。它的腹部被咬出血，身体越来越虚弱了。

这场战斗在森林里持续进行着。在一个山坡上，白熊终于咬住了一只狼，但没站稳，它和整个狼群一起滚下了山坡。

这一滚，让这群动物离营地越来越远。

31
飞越森林

亚马逊和弗雷泽看不清眼前的一切,但确实听到了。

"什么……"弗雷泽大声喊道。他凝神听着树林里爆发的尖叫、咆哮和怒吼声。

他们惊奇地看着包围他们的狼群转身朝着战斗的声音跑去。

"难道是狼群在自相残杀吗?"亚马逊问道。

"不,我觉得不是。听起来像是熊的声音,我猜也可能是狼獾——我们都知道它们有多好斗。"弗雷泽语气变得急切,"但它可能给了我们机会。现在天亮了。如果我们沿着湖边的小路走,或许可以在天亮前离开。狼群不会在白天追赶我们——这不是它们的风格。"

"但是我们怎么带上本和灵熊幼崽呢?"

"你把金发姑娘放在背包里,我让本坐在我自行车后面。我们需要马上行动。"

随着战斗的嘶喊声此起彼伏,两人把装备扔进一个背包,把金发姑娘装在另一个背包里。

"发生了什么?"吓了一跳的本揉了揉眼睛。

"我们要去骑自行车玩玩。"弗雷泽说。

"但是我没有自行车!"

"你可以坐在我的自行车后面,我来骑就好。"弗雷泽笑着说,

"你以前干过这个,对吗?"

"什么?坐后座吗?是的,干过很多次。我哥哥乔什经常骑车带着我,他可好了。"

"好的,那你坐上去。看!你还可以拿着我的长矛。可要抓紧了啊!"

他转向亚马逊,看到她已经准备好了,灵熊幼崽在她背上。

"你最好打头阵,亚马逊。我会尽可能地跟上你。你猜怎么着?"

"怎么了?"

"如果你在前面,你就可以使用头盔了。"

他把他的头盔扔给了亚马逊。她轻松接住,本来想着把头盔扔回去,但还是戴上了。

"我几乎看不清路。"她望着地面。

"只要感受骑行就好,去感受它。"

亚马逊揉了揉眼睛,踩下踏板,并祈祷着一切顺利。

事实上,光线刚刚好到可以看清路。他们绕过海狸湖,进入树林。当他们进入树林时,天色又变暗了。如果沿途有树根或其他障碍,那亚马逊尽管戴着头盔,也还是会有大麻烦。幸好一路顺利。

在一个骑得较快的路段,她听到本大喊"哟哟哟哟哟哟",想转过身看看他们在干什么,但路况不允许她的目光移开半分。

过了海狸湖,又是沿着溪流的路线了,一般这种路都是下坡路,骑行变得更加省力。这次,亚马逊更得全神贯注,不能分心去看他们。

在她身后的弗雷泽是个合格的山地自行车手，即使有一个六岁的孩子坐在他的后座上，也可以做到一心二用。这对弗雷泽来说并不难——骑车下山时，都不用怎么坐着，弗雷泽的大腿肌肉就能胜任这项工作。但他觉得，要是狼群完成了捕杀，开始追赶过来的话，自己一定骑不过一群狼。所以他一直在聚精会神地听着狼的动静，确认是否又被追赶。

他还在想着另一件事。透过这些树，他觉得好像瞥见狼群攻击的对象，是个巨大的白色东西。不，不是白色——是因为它的颜色与森林的黑色形成鲜明对比，所以让他产生了白色的错觉。

它的毛发是一种淡金色，像蜂蜜的颜色。有那么一瞬间，他认为它可能是金发姑娘的母亲，但不可能。它已经死了。

他想，可能是那只袭击本的徒步旅行团的灵熊。而且，也许它可能是来捕杀猎物的。

他还知道一些事情：熊拥有令人难以置信的执着和专注。狼群不会在白天猎杀它们，而到第二天晚上，狼群就会找到别的猎物来占据它们敏捷的大脑。但是熊……如果心思放在人身上，那就危险了。

他的思路被亚马逊的喊声打断了。

她说："终于，我终于可以看到我面前的路了。早上好！"

现在弗雷泽确信她是对的。太阳还没有升上地平线，但天空很亮，他们暂时安全了。

32
本的故事

弗雷泽在亚马逊旁边骑车——小路上刚好可以容纳两辆自行车并行。

头顶的树木遮天蔽日，但他们仍然可以感觉到天色正变得越来越暗。这时，他们听到了一阵深沉的隆隆声。

"雷声……"亚马逊说，尽管听上去完全不像。

"我不这么认为，"弗雷泽说，他在仔细地听着，"我认为它可能是……"

"直升机！"本兴奋地喊道。

他们都努力试图透过层层树枝看清楚，甚至试着大喊。但他们知道一切都是徒劳。

"他们看不到我们。"弗雷泽说。

"你觉得会是谁？"亚马逊问。

"搜索队中的一队。快，赶紧走出树林，这样我们就可以给他们发信号。"

他们沿着小路狂奔，拼命寻找头顶的缺口。但很快，声音就消失了，树木还是那么茂密。

"你确定那真的是一架直升机吗？"亚马逊喘着气问。

"我不知道，"弗雷泽回应道，"可能是雷声，也许只是幻想。当你在荒野中时，大脑会欺骗你。无论如何，我们都需要休息一下。"

他们已经骑了一个小时,连弗雷泽壮实的大腿也在隐隐作痛。

"我想尿尿,"本说道,"还想吃东西。"

"好了,小家伙,"弗雷泽说,"该休息一下了。"

他们把车停在路边,疲惫不堪地坐在了地上。亚马逊把金发姑娘从背包里抱出来,给它喂了一把果仁,然后焦急地往回看。

"我们离狼群足够远吗?"

"如果现在还是晚上,我会说不够远。但是天亮了就意味着我们很安全。它们会回巢穴的,至少其中一些会……"

"其中一些……?哦,你是说因为那场战斗。你仍然认为那是只熊?"

弗雷泽点了点头。他觉得没必要在那只大白兽的事情上吓唬她。而且,只要再坚持坚持,他们就能在当天晚些时候赶回营地。

但他仍然认为,现在也许是问本的时候了,关于他的遭遇。

他在旁边空地上腾出一些空间,招手把男孩叫过来。

"嘿,本。我有点儿想知道你还记不记得和你爸爸妈妈分开那晚的事儿。你现在可是个大明星了。"

"什么意思?"

"是的,你现在是个大明星了。你已经上了电视、广播和互联网。"

"真的吗?"

"真的。"

"我的朋友苏西·乔会很嫉妒我。她想上电视都快想疯了。"

"那么你想告诉我你还记得什么吗?"

"嗯，我们走了一整天，我很累。我的妈妈和爸爸为我的事儿吵了起来。我妈妈说他们不应该带我来，因为我太小了。爸爸说这没什么，经历这些我才可以迅速成长。后来我们就去露营了。我们有香肠吃。我告诉我爸爸我想和朋友皮特和他的妈妈共用帐篷，他们答应了。可能他们还吵了一会儿。后来我很快就睡着了，因为我太累了。醒来后，每个人都在尖叫。

"皮特的妈妈出去了，接着皮特也出去了。我正在找我的另一只鞋，接着帐篷爆炸了。那怪物就出现了，是巨大版的金发姑娘，但它很凶猛，也没有那么可爱。有人开了一枪。我听到了更多叫喊声，不知道是怎么回事，我就跑啊跑啊，一直跑。我不想被熊吃掉，所以我爬到了高高的树上。我可是学校里最会爬树的人。我在树上等着妈妈和爸爸来，但没等到他们。最后我就在树上睡着了。

"当我醒来时，已经是白天了，我还在树上。我尽可能大声喊叫，但他们还是没有来。我在树上等了一整天，很害怕下去后又遇到熊。我妈妈一直没有来，所以我爬了下来，走了很久很久，直到我看到一束光，我以为是我的妈妈和爸爸，但不是——我遇见了你们。"

本说完了。片刻的沉默后，弗雷泽开口了："我觉得你绝对是加拿大最勇敢的男孩。我们回家后，你将会非常出名，学校外面会有摄影师给你拍照，你会被邀请参加演讲，参加电视节目，他们甚至可能把你的故事拍成电影。"

"我希望如此。这样就可以给苏西·乔一个教训，她对我太冷漠了。我好饿。我现在可以吃点儿东西吗？"

"好啊,现在是早餐时间。"弗雷泽微笑着说。

于是他们一起吃下了最后一点儿果仁混合包。既然大家都吃不饱,弗雷泽和亚马逊干脆把大部分食物给了灵熊幼崽和男孩。

"对了,"弗雷泽说,"从现在开始,我们要靠土地吃饭了。幸运的是,我们在这个季节有很多东西可以吃。浆果、蘑菇……我刚刚是说了浆果吗?"

"我可以吃一两天的浆果,"亚马逊回答说,"但我不太确定这两个小家伙。"

"我妈妈总是给我吃加蓝莓的冰激凌。"本俏皮地说道。

亚马逊又想起这个小男孩饥肠辘辘。

"我保证,明天这个时候你肯定能吃上蓝莓和冰激凌。"亚马逊说着,给了本一个拥抱。

"我的灵熊幼崽也想来点儿,不然它要嫉妒我了。"本说道。

"好吧,每人各两勺,不能再多了。"

"三勺。"

"你不能再讨价还价,就三勺。"亚马逊问弗雷泽,"我说对了吗?我们今天就能回去?"

"应该可以,"与亚马逊期待的轻松乐观态度不同,这次弗雷泽十分严肃,"如果能找到路的话。问题是,咱们在错误的方向上走了很远,而且在树林里很容易迷路。咱们需要到更高的地方去,那样我就能看到我们所在的位置,并规划回去的路。你准备好出发了吗?"

亚马逊点了点头。她把抗议的灵熊幼崽塞回了背包里,把它背在肩上。弗雷泽想起来灵熊幼崽重得让人吃惊。

"你确定你可以吗?"他问。

她笑了笑。"就算你求我别去,我还是会去。"

他们都笑了起来,是经历过可怕事件后近乎失控的笑声。

"你们在笑什么?"本问了几遍,惊讶地睁大了蓝眼睛。

"笑你呀,像只小猴子。"弗雷泽说,揉了揉他的头发。

他又看了看亚马逊,发现她的笑声中隐藏着更深的悲伤。

"在想你的妈妈和爸爸,是吗?"他说。

"一直很想。"

"我们会在回来的路上继续找他们,然后——"他补充说,充满感情地看着本和金发姑娘,"把孩子们安顿好后,我们就会回到这里。我们会找到你的父母,真的。"

亚马逊点了点头,立刻转过身去,擦掉眼里闪闪发光的东西。

"来吧,"弗雷泽说,"我觉得那条路看起来是往上走的路。"

他们再次出发去寻找更高的地方。

33
高地

事情变得既简单又艰难。

现在天已经完全亮了，不仅能让他们看清要去的地方，而且还帮他们驱逐了夜晚的恐怖。亚马逊有点儿不太敢相信昨夜他们被一群狼袭击的事情。狼群难道不是噩梦中的东西，并非来自现实？

但是，当弗雷泽从遮蔽的松树林找出路时，这种相对轻松的局面就结束了。在茂密的松树林中，一座山丘隐约可见，就在山路的一侧。

"伙计们，我们有一个选择。我要爬上去看看我们到底在哪里，希望能看到回到营地的路，如果运气好的话，或许可以看到诸如护林站之类的地方。嘿，我甚至可能再次看到那架直升机。但我们不需要都上去。如果愿意，你们可以留在这里等我。这肯定比我们都爬上去要快。"

弗雷泽指了指山坡上的陡峭面。这座山比洪堡山低一点儿，但那时只有他们两个人和山地自行车，现在他们还有乘客。

亚马逊看了看本和金发姑娘。他们正看着她，男孩的眼睛里充满着希望和信任，灵熊幼崽眼中则充满着好奇和饥渴。

"我认为我们最好团结起来。"她说，"实际上，在树林里，你比我强。让我承认你在任何方面都比我强很难，但是，如果有什么事情发生,我希望你在身边陪着我。"

弗雷泽点了点头,接受了赞美并认同了这个观点。

"但你也不要自大,"亚马逊继续说,"我仍然会踢你的屁股——你们美国人说话老是这么粗俗。"

"亚马逊,你真是太棒了!"弗雷泽笑着说,"等所有事情都完结了,我们再来算账。"

"好啊。"

山脚仍然是茂密的树林。他们没有办法骑自行车,于是推着山地自行车穿过树林,金发姑娘仍然坐在亚马逊的背包里,而本则坐在弗雷泽自行车的后座上。他的双臂向前伸展,抓着车把。

树林仍然安静得可怕。他们只听到了啄木鸟啄木头的笃笃声和猛禽的尖叫声——亚马逊觉得可能是一只大鹰——它从头顶的树枝上飞过,但他们什么也没看到。

半个小时后,他们离开了林木线,并看到他们已经爬了一段路。

弗雷泽勘察了前面的岩石坡。

"我不想打断你,本,但从现在开始,你必须步行。你以前爬过山吗?"

"当然,很多山。有一次我还爬到车库的屋顶上,把我的球拿了回来。"

他们爬了上去。从这里开始,地面是坚实的岩石,而不是他们在攀登洪堡山时遇到的那种松散的页岩和大石块。他们的眼睛和耳朵都在努力寻找直升机的任何踪迹或声音。但很快,攀登的艰难程度就使他们难以去思考任何事情,只能专注于脚下艰难的每一步。

路途变得如此困难，弗雷泽明显感觉到最多再走一百米，不管亚马逊怎么想的，他们不可能都登顶。本勇敢而坚定，但他的小腿并不适应攀登这种地形。他不断地摔倒，很快膝盖就被刮伤。弗雷泽背起本，但他不可能带着这样的重量到达山顶。

亚马逊的情况也很艰难。她正在背着一只相当烦躁的熊，同时还要把自行车推上坡。

"伙计们，"弗雷泽宣布，他也看着本和金发姑娘，"我想是时候独自上路了。你们可以留在这里，照看自行车。我可以在半小时内上到山顶。如果我们都努力着往上爬，至少需要两小时。"

亚马逊明白这些话的意思，也看到了一个危险的可能。

"我认为你应该和本以及金发姑娘待在一起。"她说，"如果有什么事情发生，你更有能力用长矛保护他们。"

"嘿，现在是我的长矛了！"本抗议道，"你把长矛光明正大地给了我。如果你把它拿回去，我会告诉所有人你是个大骗子。"

"冷静点儿，本，长矛是你的了。等大坏熊来了，我就让它领教一些空手道。"

弗雷泽表演了几招花式踢腿和劈腿，逗得本咯咯直笑。

这表明，她已经说服了弗雷泽。她把包交给了弗雷泽，如释重负。"好啦，"她说，"我做灵熊妈妈做累了——轮到你做灵熊爸爸了。"

弗雷泽看起来若有所思。"我刚想到一件事儿，伙计。爸爸去找本和那只大坏熊，可能走错了路，但其他猎人——那些在森林里要杀灵熊的人——他们可能在不远处。你应该留心观察，也要注意。如果我们告诉他们，我们已经找到了本，那么他们就不会再猎杀灵熊，还能帮助我们离开这里。"

"但他们是那种会因为没必要而放弃猎杀机会的人吗？"亚马逊问道。

弗雷泽耸了耸肩。"有道理。但是，无论如何要擦亮眼睛。照顾好这个——"他把望远镜递给亚马逊。

亚马逊点了点头，把望远镜挂在脖子上，开始往上爬。

"你要小心。"弗雷泽在她身后喊道。

她回头挥手，看到他在下面，就像商场里的爸爸正努力要控制住两个不守规矩的孩子。她又回头看了看山顶，微笑着往上爬去。

34
山顶

爬山可不是半个小时的事儿,亚马逊用了一个小时才登顶。这是由一系列山脊组成的令人讨厌的大山(或小山),每一座山脊看起来都像是最后一座。亚马逊不需要真正意义上的攀爬,只是常用手和膝盖爬上比较棘手的部分。

糟糕的是,自从他们到山区以来,第一次遇上下雨。气温随之下降。在干燥的岩石上攀爬可能很有趣,但在湿漉漉的岩石上攀爬就另当别论了。亚马逊后悔没带合适的登山靴,结实的步行鞋也可以啊,可惜她只有运动鞋。她好冷。

亚马逊看着自己的手,脏兮兮的。她本打算那天早上在海狸池塘里洗洗的,但被狼袭击会让人忘记个人卫生这种小事。

她不停地向身后望去,长得一模一样的山脊不仅遮住了山顶,还遮住了弗雷泽和其他小伙伴。她希望他们在雨中都平安无事。她非常喜欢小男孩和灵熊幼崽,在短暂的相处时间里,他们一直在一起。

下一个山脊是目前为止最难爬的。路又陡又湿,天气越来越冷。亚马逊感到冬天就要来了。有一阵风不停地吹着,吹透了她的衣服。她的追踪组织探险服是防水防风的,可亚马逊多希望能多穿几层来保暖啊。

通向山脊顶部的最后几米非常可怕,有点儿像真正的爬行,亚马逊是把自己拖上去的,她需要找到手和脚的支撑点。到达山顶后,她立马回头看。她很高兴,因为这是爬了这么久以来她第一次看到弗雷泽、本和金发姑娘的身影。他们正在下面玩儿捉迷藏的游戏。她想过要大声呼喊,向他们挥手示意,但她需要用双手来保持平衡,避免摔跤。

终于爬到了山脊最高处,她想看看下一个山脊会有多难爬。

但她所看到的一切让她叹为观止。

什么都没有。或者说,这里有一切。她已经在山顶了。广阔的世界向四面八方延伸。从这里亚马逊可以看到一望无际的松树和杉树组成的森林,看到几十个湖泊,无数溪流和河流,看到沿海山脉以外平坦的土地。而在她身后,也许有十四到十六千米远的地方,是灰色宏伟的洪堡山。她小心翼翼地拿出了定位设备,是正西。

完美。

没有复杂的状况,没有什么可以被忘记或搞错的。亚马逊看到,如果他们沿着离弗雷泽他们不远的一条溪流前进,他们几乎可以直接回到那座山。而一旦到了那里,他们就能轻松地找到回到营地的小路,也就可以放心地去找哈尔伯伯了。这是一条漫长且艰难的路,不过,知道所走的是正确的路,本身就是巨大的鼓舞:没有什么比担心自己走错了路,所有的努力都是徒劳的更能消耗精力的了。

她几乎忘记了挂在脖子上的双筒望远镜,现在不需要它来计算出回家的路,但需要用它来寻找生命的迹象——无论是潜伏的猎人或者她日思夜想的父母。她甚至能想象爸爸和妈妈围着火堆,手拉手坐在一起的场景。就像她在梦中思念他们一样，他们也深切地思念着女儿。

但这是不可能的。世界如此之大，荒野蔓延几千平方千米。双筒望远镜实际上不如她双眼效果好——它让她瞧得太细致了，可能要花几年时间才能把一切看完。把望远镜挂回脖子上后，她最后看了一眼风景，在灰蒙蒙的天空下，一切都是那么宏伟壮观。

好了，够宏伟的了，亚马逊告诉自己。回到营地的路还很长，而且她不打算再和狼群一起过夜。她开始艰难地回到山坡上。

她停了下来。

她的潜意识看到了一些东西。那是什么？她已经从山顶爬下来了几米。她回头看了一眼山顶，想了想，试图不去理会脑海中的小声音，继续赶去伙伴身边。但接着她叹了口气，又爬上了那些令人讨厌的、磨破指关节的山顶。

她再次站在平坦的山顶上——一个不比饭桌大的地方。她慢慢地转过身来，试图把注意力集中到刚刚吸引她的地方。

在那里。

在两座较低的山丘之间的一个山谷里，树的样子很奇怪，树上好像有一些不属于大自然的东西。

她再次把望远镜放在眼睛前对焦，眼前的画面先是模糊不清，接着变得十分清晰，原本离着很远的树木顿时变得触手可及。

是的，绝对有什么地方不一样。那些树似乎被人为砍断过，这让亚马逊想起弗雷泽前天晚上临时搭建的庇护所。云杉和松树的树枝似乎形成了一个屋顶，屋顶上面是什么？她再次对焦，这次她看到好像有什么东西覆盖着树枝。她索性拿走望远镜，直接用眼睛望去。在那里，灰色天空下好像有另外一种米灰色的东西，会不会是一阵烟？

她又用望远镜看了看。

现在她确定眼前是什么了，它隐蔽在一堆杂乱无章的树枝下面。

是一堆残骸，是亚马逊苦苦寻觅的残骸。

35
亚马逊的抉择

那是一架飞机,一架坠毁的飞机。

在飞机上面,飘着一缕快要熄灭的烟雾。

这只能说明一件事……

她头晕目眩,差点儿从山顶上掉下去,但内心又充斥着兴奋、希望和恐惧。

她朝弗雷泽那边望去。他们似乎离得很远。但是,某种特殊的感觉告诉她,弗雷泽正看着她,于是她疯狂地挥舞着手臂。弗雷泽也朝她挥起了手。

他能看到她。她声嘶力竭地尖叫起来:

"我父母的飞机!"

弗雷泽又挥了挥手。她听到他的呼喊,但无法听清他在说什么。亚马逊回头看了看飞机。山的那一边很光滑,很平缓。她可以从这边的平缓斜坡跑下去,就像她小时候在英国乡下无数次跑下山,直接跑进她父亲等待的怀抱一样,几分钟内就能到父母身边。她也可以选择困难、危险、耗时的另一条路,艰难地爬下山,接着是令人痛苦的长途跋涉,绕过山头,来到坠机地点。如果在这段时间里,罗杰和凌梅出了什么事呢?毕竟森林里还有熊、狼、美洲狮……若真是如此,她永远不会原谅自己。

她再次向弗雷泽挥手,试图引起他的注意。她又指了指失事的地方。她示意要直接下去，而他应该顺着山路正常行进。弗雷泽再次朝她挥挥手。

这对亚马逊来说已经足够了。他会理解的。他将在那里与她见面。这是她所希望的。她想也没想，一头扎向飞机的方向，奔向渴望已久的与父母的团聚。

36
弗雷泽抱着孩子们

  弗雷泽看着亚马逊。淅淅沥沥的小雨不断飘进眼睛。他用夹克的衣袖擦去雨水。堂妹正在朝自己挥手,好像在大喊着什么。是在警告吗?他也挥手并大喊回去。

  "你还好吗?亚马逊,你看到了什么?"

  他感觉她非常兴奋、激动,甚至害怕。

  "我们现在可以回家吗?拜托。"本抽泣道。他冻得全身发抖。弗雷泽尝试通过捉迷藏游戏来保持大家的体温,但小男孩的疲惫胜过了寒冷。

  "快了,小鬼。"他说道,"我们很快就会回家。亚马逊正在找回家的路。你一直是个勇敢的士兵。记住,你是和灵熊待过的人。"

  本看着自己手里的长矛,一把扔了出去。

  "我不想要长矛,不想要你,不想要亚马逊,我只想要我的爸爸妈妈!"

  小男孩跑向荒凉又光秃秃的山头,开始撕心裂肺地大哭,哭声响彻山头。

  弗雷泽跑过去安慰小男孩,他的行动已经很快了,但是金发姑娘还是赶在他之前到达,用鼻子拱了拱本的脖子和脸。弗雷泽抱住两个小家伙,试图用自己的体温给他们保暖,用身体护着他们不被雨淋。

接着他往亚马逊所在的山顶望去，却什么也没看到，只有无垠的灰色天空以及若隐若现的乌云。正当他观望时，他感觉雨变得有点儿不一样了。雨下得更大了——雨量没有增多，而是变成了雨夹雪。

头顶乌云密布，这意味着雨夹雪即将会变成雪，也是这个季节的第一场雪。

"亚马逊，你在哪里？"他自言自语，希望能迅速在山顶上找到亚马逊的身影。

"你在哪里呢？"

37
残骸

亚马逊不是爬着下山、走着下山、跑着下山的。

是飞奔。

她脚步飞快，几乎和地面没有什么接触。没有被绊住甚至摔倒真是个奇迹。如果真是被绊倒，那就致命了——她会滑下山，因为重力往下滚，直到撞上四处散落的大石块，摔断脖子。

但还不到亚马逊丧命的时候。

她花了二十分钟就到了山脚，接着又花了十分钟用来到达残骸所在的山谷。飞机上的烟已消散，可能是被树给挡住或者被雨水冲散了。

不，不是雨，现在是雨夹雪。

她大声呼喊，声音嘶哑，充满着感情。

"妈妈，爸爸，我在这儿！我在这儿！"

她觉得自己又是个孩子了，需要父母的安慰和保护。但同时又像个英雄，父母的拯救者。

"妈妈！"她又大声喊着。她跑得很快，完全没有注意脚边溅起的冰冷泥水。她这会儿看不清飞机残骸，但是她知道残骸就在那里，在山谷小坡的后面。

她的胸口疼起来，但不知具体位置，感觉不太重要，她也不想管这些，只顾着加速往前。

哈尔罗杰历险记续 灵熊危机

她到了,飞机就藏在树枝下面,只剩下一堆破损的金属部件。

飞机机型很小——比哈尔伯伯开的那架还小。亚马逊看到飞机脚架的轮子,它们已经在坠毁中支离破碎。这场飞机事故仿佛在她面前重演。她看到挡风玻璃被摔碎、飞机尾部完全被撕裂。

"妈妈!爸爸!"她再次呼喊。但是她知道,一切已是徒劳。

一个人都没有,只有她自己和立于加拿大荒野中的一架飞机残骸。雨水夹着雪粒狠狠地拍打着她的脸,让人分不清她脸上是雨雪还是眼泪。一切都没有希望了,一切如此绝望。她的父母已经不在了。

他们可能已经死去了。

38
他们过来了

过了半小时,弗雷泽意识到亚马逊没有回到山下。至少是没有回到山的这一边。他反复思考她当时的手势,想从她的大喊大叫中提取出有用信息,可那些话都随风飘走了。

她好像指着离山很远的地方,她是不是看到了什么?她想说在那里会合吗?还是警告险情在逼近?

无论是什么,他不能在原地等待了。雨夹雪一直在下,正在变成雪。灵熊幼崽和男孩都冻得不行。如果他们一直待在这个光秃秃的山上,会被冻死的。

但是目前要做的不止于此。弗雷泽可不是个坐以待毙的人,他要找到一个庇护所,生起火堆,并找到亚马逊。

他看了看本和金发姑娘,抱了抱他们,两个孩子都是可怜兮兮的样子。

"好吧,朋友们,我觉得是时候做点儿不一样的了。你们觉得能有几次机会,小孩、灵熊幼崽和少年一起骑一辆自行车?"

"我,我,我不知道。"本说道。不过,相处这么久,弗雷泽第一次从他的话里听出了好奇,"可能,可能一次都没有。"

"你说对了,可能这种事从不会发生,但是我们马上就要这么做了。"

五分钟后,弗雷泽把背包背在胸前,这样灵熊幼崽充满好奇的脸刚好正对着他，本就坐在自行车后座上，双手抱着弗雷泽。

"好了，朋友们。抓紧了，我们要出发了。路上会很颠簸，你们准备好了吗？"

"准备好了！"本说道。语气中似乎表明了对这次骑行的喜欢。

金发姑娘舔了舔弗雷泽的脸。

"啊！小姑娘，告诉你一件事，回家后我们要给你刷刷牙。"

一切准备就绪后，弗雷泽出发了。他打算沿着山脚去和亚马逊在另一边会合。这是他唯一能想到的事情了。他决定待在林木线以上，尽量待在相对平坦的地方。

如果没能在预想的地方找到亚马逊，他就生一堆大大的火，这样，亚马逊就能知道他们的位置了。

这也许不是世界历史上最伟大的计划，但至少是其中之一。有计划就比没有计划要好。除非，就像弗雷泽的老朋友布鲁尼说的，计划就是在光溜溜的身上涂满蜂蜜，一边唱《扬基歌》①，一边在火蚁窝里打滚。

---

① 《扬基歌》：美国一首家喻户晓的歌曲，还是康涅狄格州州歌。

39
又是这只白熊

　　白熊的伤口很深,但不致命。这场战斗在树林里肆虐,从山上打到山下,溅起冰湖里的湖水,踏平了荆棘和树丛。

　　白熊被咬了很多口,但是也对敌人造成了不小的伤害。最后,直到狼王认为这个白色巨无霸生命无多,它才走了过来。白熊躺在地上,它身上有上百个伤口,血渗入湿润的土里。狼王用狼语向同伴嘶吼着,让狼群放轻松,也可以对对方造成威胁。所以狼群打算在白熊还活着的时候,对它进行捕猎。

　　但是,当狼王扑向它喉咙时,白熊用尽最后的力量,用那只巨大的弯曲的爪子狠狠拍下去,给了狼王重重一击。如果不是这只狡猾的动物在最后一秒转过身子,它早就一命呜呼了。白熊击中了狼王的肩膀,狼王脑袋躲过一劫。

　　其他的狼看到它们的首领被打败,纷纷落荒而逃,留下这只巨无霸在原地喘息、流血并慢慢恢复。

　　一个小时后,它就开始寻找营地。先是沿着自己的足迹,然后追寻着火堆的气味。现在它穿过森林,忘记了自己不宜张扬。

　　它冲进空地⋯⋯

　　但那里除了火焰中的灰烬、用松树枝做成的庇护所以外什么都没有。白熊愤怒地横冲直撞,撞碎了庇护所,灰烬四处散落。一股巨大的力量在它的胸膛里积聚。它要找到他们。他们会为此付出代价。

　　它的鼻子开始工作，很快就找到了怪味踪迹。这是多种味道的混合。有的活着，有的死了。还有那只灵熊幼崽的气味，但已经很微弱了。这并不重要。人类杀手的气味强烈，足以跟随。它跟在他们后面，心中全是捕杀念头。

40
亚马逊的探索

亚马逊悲痛了十五分钟才哭出来。她的脑海里全是和父母在一起的画面：他们仨在公园里玩；爸爸妈妈要开始又一次探险时，她离别的心碎；他们回来时，她开心地要飞起来。

她的悲伤没有根据。她一直相信会再次看到爸爸腼腆的微笑和妈妈美丽的面庞。其实，她发现的只是一架没有人的飞机和一个废弃的营地。

当然，也没有迹象表明这就是她父母的飞机。在这片森林里也许散落着几十架坠毁的飞机呢。这架可能已经在这里多年。火没准儿是露营者点的。

不，亚马逊再也看不到爸爸妈妈了，一丁点儿希望都没有了。

随着悲痛的洪流平息下来，亚马逊开始思考。去探索，还有希望。这正是哈尔判断她父母可能在的地方。他们有可能只是出去一天，去找些吃的，然后会回来的。

她向机舱里看了看，有迹象表明那里曾有人住过。地板上放着两个睡袋。还有别的——她有种强烈的感觉，这里发生过一连串的事情。的确发生了坠机事故，飞机受损，飞机内部也被撞得粉碎。但没有血迹，也没有明显的致命伤迹象。这是好事。

后来，有人进行过清理，让这里有了些生活气息。在破损的飞机仪表盘上，甚至有一个装着干花的杯子。

这意味着坠机者都活了下来，然后在这里住了一段时间。

不过，还留有最后一层蹊跷：飞机变成了舒适住所，然后又遭到了破坏。这里凌乱无序，睡袋看上去被撕开了，里面的填充绒毛散落一地。

亚马逊爬出飞机，感到前所未有的困惑。她回到了即将熄灭的火堆旁。虽然雪花已经落下，最后的余烬已经熄灭，但火堆里仍有一丝暖意。火堆周围筑起了一堵由岩石和草皮组成的小墙，似乎要把火焰隐藏起来。看上去很奇怪。

她继续在飞机周边展开搜索。

无论走到哪里，她都发现营地有突遭破坏的迹象：曾经整齐堆放的木头散落在地，被踢得到处都是。而在附近，她发现了一个空的背包，里面的东西也同样散落在地。

亚马逊努力回忆，是否见过父母背过这个包。她想不起来了，这是一个新包，崭新的，也许是他们上次与她分别之后买的。被翻出来的东西已经被吹得很远了。亚马逊仔细翻看了每一件东西——这里有只手套，那里有件T恤。她甚至去闻了闻，想知道是否有父母的味道。

有件蓝衬衫，她确定是妈妈前年圣诞节给爸爸买的，但也面目全非了。

亚马逊往火堆走去，路上有个地方长满了草，很奇怪，这些草被压得很平。是一个可能有十米宽的圆圈。她想知道是什么原因造成了这种情况。是某种动物群吗？哈尔伯伯曾说过，这里有森林野牛——是不是它们弄的？

天寒地冻，顾不上猜测了，而且想这些对找爸爸妈妈没什么用处。她正在瑟瑟发抖,突然想到了弗雷泽、灵熊幼崽还有小男孩。当时她匆匆离开了山顶,没有顾及他们。

弗雷泽明白了她的手势吗?

弗雷泽不在这儿,也就是极有可能没明白她的手势。他肯定还在等她,绕着山脚徘徊。雨夹雪还在继续,现在已经变成了雪,大雪花飘着,转着,形状复杂。

闷闷不乐是没有意义的。爸爸妈妈不在这里,她要去和其他人会合。他们会设法在天黑前回到第一个营地。

亚马逊把冰冷的手放在火边,想在出发前从潮湿的灰烬中获取最后一份温暖。

这时,她听到咆哮声。

41
金色恐怖

用咆哮来描述这种怪物的声音并不十分准确。咆哮代表着力量、意志和愤怒，而这种叫声里夹带的更多的是痛苦。

亚马逊仍旧蜷缩在熄灭的火堆旁。抬头就看到一个庞然大物，除了在伦敦动物园见到的大象，她从未见过这么巨大的动物。

奇怪的事情发生了。

她大为震撼。这种震撼不如说是恐惧，让她视线模糊、听觉下降、浑身动弹不得。她大脑理智的部分告诉她，她即将被撕裂，并可能被一个大到足以打破公共汽车顶层窗户的动物吃掉。

但她大脑的疯狂的、怪异的、不断在推理的部分，却保持着惊人的冷静。虽然痛苦，但她依然极力维持清醒，来观察这只巨大的野兽。

她当然知道那是一只熊，可随即又困惑起来。像那些美丽的灵熊一样，这只熊也是淡淡的金色。但亚马逊立刻看出这不是灵熊，毕竟它只是黑熊的一个亚种，最大的黑熊甚至没有这个怪物的一半大。

这个怪物虽然周身黄色多于白色，但它的颜色让她想到了北极熊，看起来确实有点儿像。但有两点排除了这个可能性，一个是体形不对。它的脖子又宽又厚，不像北极熊那样又长又细。另一个是它的脸太宽，嘴太短。最重要的是，这只熊的肩胛骨之间有一个巨大的肌肉驼峰。这意味着它一定是一头灰熊。但是，即使从颜色上看，这只熊也有明显的不属于灰熊的特征。

她想，没有哪只灰熊会如此庞大。

这只白熊一直坐在自己的后腿上，盯着她。她在书上看过，它们这样做不是为了恐吓，而只是为了更好地观察它们要攻击的对象。而现在，随着她在脚底下感觉到的声音，这只巨大的白熊又缩回四肢着地的状态。

它打了两个喷嚏，把她的气味嗅进敏感的鼻子深处，然后向她走来。不像是要冲上来，也不是从容漫步——这是一次有目的的行动。这只白熊要开始做点儿什么，它准备吃点儿东西了。

42
弗雷泽的营救

弗雷泽这一路真是一言难尽。最大的问题是有一张熊脸冲着自己舔来舔去。金发姑娘显然是饿得不行,觉得自己不停地舔弗雷泽的脸会让他吐出来一些好吃的。

要在雨夹雪的天气、崎岖的山路上操控山地自行车,同时克服一只灵熊不断舔着脸,真是异常艰难。

弗雷泽不愿停下。最困难的事情是,首先要行动起来,他也不会为了避免灵熊幼崽给的一脸口水,而浪费自己的力气。

他迅速扫了几眼山顶,想确认是否到达了预定地点,也就是亚马逊说的那个地方。听到嘶吼声时,他正在琢磨是不是离亚马逊很近了。

这声嘶吼仿佛令他全身的血液都凝固了,比冰冷的雨更寒冷刺骨。他感到身后的小男孩在他后背贴得更紧了,而前面的灵熊幼崽突然不再舔他,蜷缩在温暖的背包里。

弗雷泽快速估量着自己的处境,一方面要照顾灵熊幼崽和本,另一方面要救出堂妹。

"你还拿着我的长矛吗?"他扭头问小男孩。

"现在是我的长矛了,"一个轻声娇气的声音传来,"但你可以借去用。"

弗雷泽以新的力量和速度向熊的声音源头骑去。

43
对峙

亚马逊从火堆里抓起一根木棍，与白熊对峙。木棍的一端已经被烧成了木炭，当亚马逊在白熊面前挥舞木棍的时候，余烬再次被点燃，飘出一缕烟。

这还不足以威慑白熊。它继续朝亚马逊走去。

亚马逊回忆着读过或听过的任何关于白熊的知识点。永远不要靠近有白熊和熊崽的地方，这是她亲身体验过的，她一清二楚，可眼下，这些派不上用场。

可以通过爬上树躲避灰熊——黑熊能爬树，而成年灰熊就不一定了。

但是和白熊比谁先跑到那棵树毫无意义——你必输无疑，而且逃跑只会激发捕食者的捕食本能。

用防熊喷雾剂。想法再次无效。身上没带。

让自己显得庞大。

试试。与向她走来的巨无霸相比，即使是一个成年男子也显得微不足道。唉，大多数熊跟它也不是一个重量级。

和白熊轻声细语地交谈，同时慢慢往后退。她记得哈尔这么干过。

于是亚马逊试图开口，但发现自己一个字也说不出。

毕竟那时的情况是白熊觉得自己受到了威胁，而此时恰好相反。白熊就是威胁本身。

万一你被一只带着熊崽的母熊攻击，要么装死，要么就反击。

亚马逊现在就打算反击。她读到过，攻击熊鼻可以对熊造成威慑。这是她唯一的希望。如果有机会，她会拿着冒烟的木头直捅熊鼻子。

她从未放弃过战斗。

44
骑兵来了

弗雷泽骑得有点儿太快了。山地自行车总是要进行跳跃,在正常情况下,这样没问题,可现在是非常时期,后有男孩,前有灵熊幼崽。

前方还有一只怪物。

弗雷泽骑车跃到半空时,正好瞧见了它。

它正朝着亚马逊走去,亚马逊坚定地站着,手里拿着一根烧黑的木头。

他第一个念头是"北极熊"。

第二个是"得了白化病的灰熊"。

第三个念头是想大叫"啊啊啊啊啊啊"!

接着他们着地了,或者说是摔倒在地。

所幸着陆点是块泥地,上面长满苔藓,还铺着湿叶子。要是地面是岩石,他们就会受重伤了。

弗雷泽在刹车时试着转了一半身体,防止压到灵熊幼崽。本脸朝下摔倒在泥土里,但伤得不重。他受了惊吓哭不出来,随身携带的长矛从手中飞了出去。

弗雷泽上气不接下气,但头脑依然清醒。他跑到男孩身边。"待在这儿。"他说着,把男孩按在地上。他们正好摔在一块露出地面的岩石后面,如果男孩压低身体,岩石就可以挡住他,不被白熊发现。"绝对要保持安静。不管做什么，不要看，也不要站起来。明白了吗？"

"嗯。"

"还要照顾好金发姑娘。"

弗雷泽迅速卸下装灵熊幼崽的背包，塞到本身边。

然后，他一边跑一边捡起长矛，扯着嗓子尖叫着向亚马逊跑去。

现在白熊离亚马逊还有五米远。她转过身来，弗雷泽可以看出她既惊讶又满怀希望。在几秒钟内，他就来到了她的身边，她用棍子，他用自制的长矛，这对堂兄妹一起面对逼近的白熊。

"我还以为你不会来了呢。"亚马逊说道。

弗雷泽试图想出一个机智的回答，但他很快严肃起来，眼下，活下来可能更要紧。

他说："你去攻击鼻子。"

"好！"亚马逊回答说，就像她一生都在与巨大的熊战斗一样。

"我要去攻击眼睛。如果它把我打倒了，抓起孩子就跑，不要回头看。往山里走。找到那条小路，不要停下来，直到你回家。"

亚马逊看着他，露出一个温暖的笑容。他们肩并肩，一起抵抗巨熊。

45
怪物现身

现在,弗雷泽有机会看清这只正在逼近的巨大猛兽,他虽然惊恐,但也对这只白熊充满了敬畏。这是他见过的最大的熊,显然它和世界上任何物种都不一样。这是一个全新的物种,介于北极熊和灰熊之间。它是……

他恍然大悟,知道它究竟为何物,但这些知识现在对他们没有帮助。白熊是被吓到了,不,这个词太夸张了——当他从自行车上冲下来,进入它的世界时,它只是略微感到惊讶。它愣了一两分钟,抬起它那巨大的头颅——比灰熊还长还圆的头颅——闻了闻,确定是让人放心的味道。随后它又开始逼近。好像当下的情况是买一送一,杂货店的特别优惠活动。

它开始以攻击的速度前进时,突然,它停在了原地。

它被一种声音分散了注意力。

金发姑娘在哀嚎。这只小金熊还被困在背包里,正挣扎着想出来,所以它大声抱怨。本正努力安慰它,但没起作用。男孩不知道该怎么做才能让这只动物安静下来。

而巨熊现在正向灵熊幼崽的方向移动。

"哦,不……"弗雷泽说。

"哈!看这里!"他喊道。巨熊没有理会他,直接朝男孩和灵熊幼崽藏身的岩石后跑去。

弗雷泽跑去拦截它,他感觉到亚马逊就在他身边。他继续尖叫着,疯狂地挥舞着手臂。

但已经太晚了。白熊跑得比人快,快得多。它正全力奔跑。

这只白色大怪物到达了岩石的顶端,灵熊幼崽挣扎的声音仍然从它那边传来。

"快跑!"弗雷泽在熊身后几米远的地方喊道。

"本,快跑,求你了,不跑就没命了!"

这是唯一的希望——大熊会先攻击灵熊幼崽,让本有机会逃走。这是一个绝望中的希望,虽然希望十分渺茫。大熊轻松地跨过岩石。它弓着身子,在弗雷泽看来,它似乎在咬什么东西,他跳了起来,在白熊之后几秒钟到达岩石。

他停了下来。

有什么东西从左边的树上急速飞来。

亚马逊先看到了它。

它正以一种奇怪的笨拙的奔跑方式移动着,好像身上带着可怕的伤口,但它的痛苦被爱或恨努力抑制着。它的颜色与巨无霸相似,而形状不同。它更加圆润,而且体形小得多。它发出的声音一点儿也不小。那是一个母亲的哭声,是为了拯救它的孩子。

但是,正如弗雷泽已经看到的,已经太晚了。

46
三只熊

亚马逊从弗雷泽身后大步走来,在他旁边的低矮岩石上停下。她往下看,看到的一切让她吃惊。

这只巨大的白熊正轻轻地抚摸着金发姑娘。在亚马逊的注视下,它把嘴伸进背包里,打开背包,这样灵熊幼崽就可以出来。两只熊互相闻了闻,灵熊幼崽举起爪子,摸了摸大白熊的脸。大白熊小心翼翼地抚摸着灵熊幼崽。

但只是一秒钟,因为随着一声咕噜咕噜的吼声,第三只熊来了。

"是……是那只母熊,"弗雷泽惊讶地说,"它一定是从那场落石中活了下来!它被埋的时候应该是被砸晕了,但是活下来了,然后设法跟随我们到了这里。"

"但它受伤了……伤得很重……"亚马逊说。

像是为了否认自己伤得很重,母熊向巨无霸撞去,巨无霸的体重至少是母熊的四倍。弗雷泽相信,这只巨无霸将进行反击,而母熊没有生还的可能。

万万没想到,这只巨无霸却从母熊身边退开,往后退然后躺下,先是侧卧,然后是仰卧。母熊跟跟跄跄地走过来。显然,它的疯狂举动已经耗尽了它剩余的力气。它咬住了那只大熊,但并不野蛮。更像是一种训斥。就像对儿子那样。

但这只巨熊还是在母熊身下缩了缩脖子，接着母熊看到了自己的灵熊幼崽，它们两个高兴地叫了起来，而那只巨大的白熊几乎是腼腆地看着。

亚马逊和弗雷泽趁机悄悄地移到本身边。亚马逊抱起小男孩，拥抱着他。

"发生了什么事？"她低声问弗雷泽，"那到底是什么熊呢？"

"我很确定它是混种——一半是灰熊，一半是北极熊。我知道动物园里有一两只这样的熊。它们在野外也有。这种熊甚至有一个名字……灰极熊……不，是叫灰北极熊，就是这个名字。这种熊会越来越多。因为全球气候变暖，这两个物种的生存空间越来越接近。"

"但这并不能解释现在发生了什么……为什么它们不打架？还有，为什么它没有杀死那只灵熊幼崽？"

"我知道，这很奇怪。我只能认为……也许它很孤独，和其他熊不一样，但它的颜色几乎和灵熊一样。也许它认为自己是灵熊中的一员。还有，它可能只是个孩子。"

"一个孩子？有这么大的孩子嘛！"

"有时当你生下一个混血儿，限制生长的基因会受限。这就是为什么母虎与雄狮的孩子狮虎兽比它父母大得多。因此，你今天看到的也属于这种情况。它只是一个大婴儿，失去了母亲，而现在它认为自己找到了母亲。"

亚马逊又看了看。它真和弗雷泽说的一模一样。母灵熊把金发姑娘藏在前爪之间，而巨无霸正试图挤进去，把鼻子伸向幼崽。幼崽嗅了嗅，轻轻咬了它一口。

"我想你已经发现了一些问题，弗雷泽，"亚马逊说道，"在我看来，它找到了一个小妹，还有一个妈妈。"

弗雷泽笑了笑："你不觉得它们俩有点儿像母亲和十几岁的孩子吗？这个孩子淘气但有点儿后悔，此刻想要赢得母亲的好感？"

"你觉得它们可不可以待在一起？"亚马逊问道，"小公熊可以帮助照顾金发姑娘，而母熊可以抚养小公熊。"

"我们现在可以走了吗？"本问道，仍然紧紧抱着亚马逊，就像金发姑娘紧紧抓住母亲一样，"我已经受够了这些熊了。"

弗雷泽正在思考需要长途跋涉才能回到家。没有金发姑娘，也许更方便，但仍然可能是一种折磨——这时，他听到一个声音，不知为什么，这个声音应该是人类造成的，而且不像什么好事。

那是步枪扣动扳机的咔嚓声。

"孩子们，站到一边去，"一个粗暴的声音传来，"你们现在安全了，杀人熊在我的视线范围内。"

兄妹俩转过身，看到两个穿着脏兮兮的迷彩服的人，每人拿着一把步枪瞄准了熊。

"不！"亚马逊尖叫起来。她意识到，他们是来到荒野上射杀白熊的猎人。这个新家庭正处于致命的危险之中，"它们并没有杀任何人。我们已经找到了本。他就在这里，没有受到伤害。"

"小姑娘，你就让我们来做决定吧。现在站在一边，否则……"

猎人的话戛然而止。

47
熊的牺牲

自从生母离世后,这是它第一次感到高兴。它知道在某种程度上,这两只灵熊与它并不完全相同,但它们是亲戚,可能是近亲。它之前从陷阱里救过灵熊幼崽,所以大白熊……应该愿意照顾自己。大白熊会教给它熊应该掌握的技能。如何钓鱼,如何寻找浆果,如何挖掘蜜蜂的巢穴以获取蜂蜜。而它要保护它们,不让任何对手伤害它们。

它并不惧怕那些曾试图抢走熊崽的人类。它意识到,人类还在不远处。但对它来说,人类就像树木或岩石一样。

它已经找到了家人。

随后,它听到一个咔哒声,就是之前夺走它的第一个母亲——它的生母的那个咔哒声。它抬起头,看到那里有"大"人在,比那几个"小"人要高。

它站了起来。

这些人不能伤害新母亲和小妹妹,它要保护它们。

它笨拙地站了起来,把母亲和小妹推开,推离危险。

然后冲了上去。

48
射击

亚马逊背对熊，脸朝着两个猎人，试图挡在熊和猎人之间。弗雷泽也一样——他们都知道，猎人们不会拿两人冒险，选择扣动扳机。

因为是背对着熊，所以他俩都没有看到那只熊冲了过来。

但是本死死抱着亚马逊，趴在她的肩膀上看到了这一幕。

一只熊正朝着自己冲了过来。

他发出了尖叫。

亚马逊和弗雷泽同时转过身。

他们看到巨无霸只有几米之遥，知道它不是冲着自己而来，它是要守护刚刚拥有的新家庭。

但接下来，是他们这辈子见过的最吓人的一幕。

猎人扣动了来复枪扳机——尖锐但又十分奇怪的声响，仿佛是学校严厉老师发出"嘘"的声音——白熊停了下来，一脸诧异。它好像又在蓄力，准备往前冲。但是它强壮的前腿跪在了地上，样子有点儿滑稽，却很悲惨——正好倒在了二人面前。

亚马逊再次鼓起勇气朝猎人，或者说杀熊凶手大喊。她看到他们已经打算跑了。其中一个猎人丢下了来复枪——或是被吓得扔了出去。

亚马逊看到了别的。在飞机残骸二十米远的地方站着一个男

人。他也举着来复枪,一把非常奇怪的来复枪。

"哈尔伯伯?"

"爸爸!"

是哈尔。他一脸憔悴,但眼神坚定,手里正拿着一把X-Ark——一把由追踪组织赞助的高精度麻醉枪。

49
新的谜团

几分钟后,他们回到了失事飞机的机翼下,躲在这儿可以不被雪淋。

两个邋遢的猎人正在争论不休,他们的来复枪被哈尔没收了。

"你怎么能那样扔枪呢?万一枪走火了,可能一枪爆了我的头。"

"你还说我,你先跑了,你吓到我了。如果你不在,我就会——"

"要我说,"哈尔用一种因周遭安静的环境而变得更有威慑力的声音说道,"你们两位先生闭嘴吧,离开我的视线。否则我就让你们睡过去,躺在那只白熊的旁边。"他敲了敲X-Ark,"相信我,白熊会比你们更早醒来。"

两个猎人咽了口唾沫。

"好吧。"第一个猎人说,"但我必须要去报告整个事件,包括这架坠毁的飞机和那些怪异的熊。"

"是的,你也许应该这么做。"哈尔说道。

"能把枪还给我们吗?"第二位猎人问。

"当然可以,你们可以从加拿大威廉王子省的骑警站拿回去。当然,前提是你们有合法持枪证。据我所知,加拿大政府对在国家公园内携带枪支的合法性要求非常严格。"

两个猎人面面相觑,接着向树林里走去,仍在争论不休。

"我告诉过你,应该拿到持枪证……"这是他们听到的最后一句话。

终于,三个追踪者紧紧相拥。

哈尔的眼睛湿润了。

"我真担心你们,以为会失去你们……哦,瞧瞧这个男子汉!本,我知道你父母看见你会非常非常高兴。"

"我打赌我会得到一份非常巨大的礼物。"本说,小脏脸上露出了大大的温暖笑容。

"你是怎么找到我们的,爸爸?"弗雷泽问。

"你们手表上有定位功能。我可以在我的笔记本电脑上跟踪你们,或者得到一个粗略的定位。我开着飞机在离那边八米处的一个湖泊上降落。"哈尔指着峡谷的方向。

亚马逊再也无法控制自己了。她不想在猎人面前谈论父母失踪的事儿,但现在她不得不问。

"这就是我妈妈和爸爸的飞机吧?他们在哪里?发生了什么事儿?"

哈尔点了点头。"我们一会儿再谈这个问题。首先你要告诉我你们的故事。你们是怎么来到这里的?"

现在,在本频繁的插话中,亚马逊和弗雷泽解释了所发生的一切。电台的新闻报道让他们意识到哈尔找错了地方,接下来就是一连串的故事:山地自行车骑行、美洲狮、山体滑坡、母熊和灵熊幼崽、狼群,还有最后——失事的飞机。

"这是个好故事。"哈尔晃了晃他那花白的平头,"你们能活着真是幸运。"

"我们能对这只大白熊做什么呢?"亚马逊问,"弗雷泽认为它是灰熊和北极熊的混种,一只灰北极熊。"

"是的,我觉得他说对了。"

"我们认为它可能是想加入其他熊的行列,组成一个家庭。"

母熊和灵熊幼崽在枪声中跑进了森林,至今还没有回来。

哈尔摇了摇头。

"不,那是不可能的。它们是不同的物种,而且它们没法儿待在一起。"

"那么它会怎样?"弗雷泽问道。他很担心,怕父亲会说,得杀掉它。

"它需要的是同类,而此时此刻这个同类在动物园或野生动物公园。我认识哥本哈根动物园的人,他们在那里饲养了一只母灰北极熊。我可以牵线搭桥。这意味着要有一架运载货物的直升机到这里来。但这就是追踪组织的工作。我会打个卫星电话。"

一想到这只白熊和它失去的家人,亚马逊眼里充满了泪水。

"哈尔伯伯,告诉我,这是我父母的飞机。那么他们在哪里?"

"他们显然在这里,而且是在不久前。"哈尔绕着现场走了一圈,看着那些被丢弃的垃圾和混乱场面。接着跪在亚马逊早先注意到的那一圈被压扁的草地上。

"说到直升机,除非我搞错了,今天早些时候有一架已经来过这里了。"他仔细思考后说道。

亚马逊喘着气。

"那一定是我们今天早上听到的那架!"弗雷泽惊呼,"我就知道不是雷声。"

"嘿,是我先听到直升机的声音!"本说,他一直在仔细听着他们的对话。

"当然是你先听到的,"亚马逊说着,转过身来面对哈尔,"你是说他们被救出来了?"她脑子嗡嗡作响,充满了希望和疑惑。

哈尔慢慢地摇了摇头,"我已经与政府进行了无线电联系。他们会告诉我详情。这是另一件事儿。在我看来,他们好像已经被带走了。"

"被带走了?"弗雷泽说,"你的意思是……像被绑架?"

"有可能——是的。"

"你为什么这么想,爸爸?"

"我给你讲讲。我们知道,罗杰和凌梅发现了一些重要的东西。他们本打算飞回来当面告诉我,但是飞机坠毁了,我们就没有再听到任何消息。现在来看这个坠机地点:你可以看到他们真的很努力在隐藏飞机残骸。他们砍了很多树枝,把它们堆在飞机上,所以从空中几乎看不到飞机。"

"他们为什么要这样做?你认为他们是不希望被救吗?我猜测,这表明他们知道有人——坏人——在追捕他们。还有直升机降落的证据:一架政府也不知道的直升机。任何人都可以看出,营地被搜查过。至于原因嘛,我也不知道。"

弗雷泽看了看亚马逊。令他吃惊的是,她咧嘴一笑。

"亚马逊,"他一脸困惑,"你在笑什么?你听到我爸爸刚才说的话了吗?你的父母可能已经被绑架了。"

亚马逊的笑容变得更加灿烂。

"你不明白吗，弗雷泽？如果他们被绑架了，那就意味着他们还活着！还活着！我已经放弃了希望。我以为他们已经死了。如果有人绑架他们，那就意味着，为了某个目的，对方想让他们活着。有希望了。这就是我所需要的，一丝丝的希望。我们会找到他们的，哈尔伯伯，不是吗？"

哈尔直视着她的眼睛。

"是的，亚马逊，我们会找到他们的。我不知道怎么找。但是，我们会找到并救出你父母，我发誓。"

他们一直站在靠近熄灭的火堆旁。哈尔轻轻地踢着灰烬和煤渣。他的脸上出现了深思熟虑的表情。

"怎么了，爸爸？"弗雷泽问道。

"只是一种猜测。罗杰和我小时候经常玩间谍游戏。隐藏秘密信息，诸如此类的事情。有一招是我们从一家小书店一本做特工的书里学到的。那本书写得很糟，但有一些很好的点子，比如把文件藏在哪里或者把东西放在哪里，这样你的伙伴能找到它们。"

"其中一个，"弗雷泽变得兴奋起来，"就藏在火炉下面。"

哈尔没有回答，把手伸进了冰冷的灰烬。他拨开下面的泥土，从里面拿出了什么。

是一个小小的皮制笔记本。笔记本的封皮被烧成了黑色，但没有完全被火烧掉，还保护着里面的纸张。

哈尔哼了一声，亚马逊和弗雷泽靠近他。哈尔打开笔记本读起来，接着又合上，把它递给亚马逊。

"你应该是第一个读这本笔记的人。"他说。

"这是什么,爸爸?"弗雷泽问。

回答他的是亚马逊。

"这……这是本日记。"她说,"是我爸爸罗杰的日记。"